KB048510

깃털

SF가 우릴 지켜줄 거야 1

깃털

김혜진 소설

허블

차례

깃털

1.

지구에 검은 눈이 내린다. 일기예보에서 먼지가 뒤섞인 새까만 눈이 모자를 쓴 사람들 위로 떨어져 내렸다. 남자가 기침을 하며 채널을 바꾸자 철새들이 날아올랐다. 지구에서 촬영한 다큐멘터리였다. 다큐멘터리 속 목소리는 새들의 군무가 구름, 리본 자락, 또 누군가의 얼굴처럼 보인다고 했다. 시청자들은 저마다 달리 보았고 그들이 본 것은 자기가 보고 싶은 무엇이었다.

남자는 가쁜 숨을 가라앉히며 새들의 무리를 바라보았다. 이어서 한 여자가 호숫가에 나타났다. 여자는 두 손으로 무언가를 안아 들더니 조심스레 가슴에 품고 속삭였다. 주변 갈대들이 소리를 냈다. 여자의 머리 위로 그것이 들어 올려졌다. 로봇 새였다. 접었던 날개를 펼치고 몇 번 날갯짓을 한 로봇 새가 주변을 살폈다. 여자가 두 손으로 로봇 새의 몸을 앞으로 밀어주었다. 가창오리 몇 마리가 로봇 새의 뒤를 따라 날았다.

"오리들은 로봇 새가 진짜 새라고 생각하는 걸까요? 신기한 광경입니다."

화면을 바라보던 남자의 동공이 흔들렸다. 다큐멘터리를 끝까지 지켜본 남자는 기침도 하지 않고 침대에서 떨어져 나와 거실로 이동했다. 현관문이 열렸다. 나무에 앉아 있던 로봇 새들이 때맞춰 지저귀는 소리가 났다. 남자의 희끗희끗한 머리카락이 흩날렸다.

남자가 사는 곳은 스페이스 콜로니(space colony)로 지구와 달 공전계에서 중력과 원심력이 균형을 이루는 라그랑주 점에 위치한 원통형 우주섬이었다.

우주섬에는 로봇 동물들이 살았다. 새, 고양이, 개, 사슴, 토끼 등의 지구 생명체를 본떠 만든 동물들 덕분에 우주섬의 인공 생태계는 평화롭고 아름다워 보였다. 인간의 감상을 위해서 로봇 새가 하늘을 날고 로봇 고양이가 꼬리를 감았다. 관상용 외에 다른 기능은 없었다. 서로를 사냥하지도 않았고 번식하지도 않았다. 우주섬에 전염병이라도 돌까 봐 살아 있는 동물들은 아예 지구에서 데려오지 않았다.

지구온난화로 기후가 변화하자 철새들은 더 이상 장거리 이주를 하지 않았다. 목숨을 걸고 장거리 여행을 해봐야 도착한 곳이 떠나온 곳과 다를 바 없이 황폐했으므로. 먹이가 풍부한 곳을 찾아 떠날 필요 없이 쓰레기매립지에서 먹이를 구할 수 있었으므로. 더 이상 이주하지 않는 새들은 인구가 밀집된 도시에서 살게 되었고 조류독감 바이러스는 오염된 도시 환경 속에서 변이를 일으켰다. 인간과 새들의 아우성. 무분별한 야생조류 살처분으로 새 개체수가 크게 줄었고 인간의 처절한 이주가 시작되었다.

우주섬 거주권을 산 사람들은 여러 우주섬으로 흩어졌다. 우주섬은 중력, 온도, 습도, 공기 질까지 모두 인공적으로 관리되는 곳이었다. 녹지도 충분했고 바다도 하늘도 새파랬다. 인간이 거주하는 공간은 반짝반짝 윤이 났다. 세련된 미술관 같았고 지구에서 발행하던 잡지 〈론리 플래닛(Lonely Planet)〉에 나오는 풍경 좋은 여행지 같았다. 어디에서든 카메라 셔터만 누르면 멋진 사진이 나올 것만 같은 그런 곳.

그런 우주섬에도 죽음은 찾아왔다. 지구가 그리워서 지구의 일기예보와 다큐멘터리를 보는 남자. 그는 지금 죽음을 한 달여 앞두고 있다. 폐암을 얻은 곳이었지만 갈 수만 있다면 남은 시간을 지구에서 보내고 싶었다. 하지만 그럴 수 없었다. 지구 전체에 조류독감이 유행한 이후 남자의 거처인 우주섬 4호가 주민들의 지구 방문을 금지해서였다. 백신이 안정적으로 수급되면서 지구의 조류독감은 수그러들었다. 그러고도 한참이 지나서야 우주섬은 제한적으로 문을 열었다.

2.

세영은 오늘도 '조에'를 날렸다. 조에(ζωή[zōē])는 '생명'을 뜻하는 고대 그리스어로 세영이 직접 만든 로봇 새의 이름이었다. 조에는 지구 성층권까지 날아가 고인의 유골을 뿌리고 세영에게로 돌아왔다. 지금껏 지구에서 개발되어 상업화된 장례식과 비교해 새로울 것도 놀라울 것도 없었다.

지구에는 소형 기구(氣球)가 지구 상공 약 24킬로미터 지점의 성층권까지 올라가 유골을 뿌려주는 우주장(宇宙葬), 유해를 1센티미터 크기의 정육면체 캡슐에 담아 밀봉한 뒤 로켓으로 쏘아 올리는 우주장이 있었다. 캡슐들을 담은 초소형 전용 위성은 지구 궤도를 수년간 돌다가 수명이 다하면 대기권으로 진입해 별똥별처럼 불타 사라졌다.

세영이 치르는 장례는 소박했다. 다만 세영의 손에 들려 올라간 조에가 세영의 얼굴 높이를 지날 때 사람들의 눈에는 그녀의 얼굴과 새의 얼굴이 하나가 된 것처럼 보였고 그 짧은 순간이 사람들의 마음속에 한 줄기 바람을 일으켰다. 마치 먼 옛날의 제사장을 마주하는 기분과도 비슷했는데 사람들에겐 그 기분을 설명할 언어가 없었다.

바람이 불면 조에의 흰 깃털이 세영의 머리 위에서 흩날렸다. 세영이 조에에게 인사를 전한 다음 담담히 날리는 것이 다인데도 사람들은 세영과 로봇 새 조에를 특별하게 여겼다. 그건 세영이 조에를 무척 자랑스러워하고 사랑하는 눈빛으로 바라보기 때문이었다. 사람들은 조에가 품고 있는 고인의 유해를 세영이 따뜻한 눈빛으로 바라본다고 느꼈고 거기에서 위안을 얻었다. 조에가 철새들을 데리고 돌아올 때는 마치 고인을 끝까지 배웅한 새들이 돌아오는 것 같아 박수를 보냈다. 세영의 쭉 뻗은 팔에 부드럽게 착륙하는 로봇 새. 소문은 금세 퍼졌고 세영은 다큐멘터리에도 출연했다. 우주섬 남자가 본 그 다큐멘터리였다.

검은 눈이 내리던 날, 세영은 이메일을 받았다. 우주섬 4호에 사는 남자에게서 온 의뢰였다. 우주섬에서 온 의뢰는 처음이라 세영은 고개를 갸웃했다. '왜 지구에서 장례를 치르고 싶다는 걸까.' 세영은 만약 이 의뢰를 받아들이면 어떤 과정을 거쳐야 할지 머릿속에 그려보았다. 어디든 유해를 직접 가지러 가는 게 세영만의 철칙이었으므로 그녀가 우주섬으로 가야 했다. 더욱이 의뢰인은 메일에 이렇게 적었다.

"죽기 전 3일 동안 곁에 계셔주셨으면 합니다. 전혀 모르는 사람에게 유해를 맡기고 싶지 않아서요. 부탁합니다."

세영은 답장을 썼다.

"저는 우주섬의 행정 절차에 대해 잘 모릅니다. 다른 분을 찾아보시는 게 어떨까요?"

3일 동안 곁에 있어달라는 내용에 대해서는 언급조차 하지 않았다. 남자에게서 곧바로 메일이 왔다.

"죽어서라도 지구에 꼭 가고 싶습니다. 과정에 드는 전 비용은 모두 부담하겠습니다. 지구에서 제작한 다큐멘터리를 보고 세영 님을 알게 되었어요. 보자마자 꼭 내 장례를 부탁드리고 싶다고 생각했습니다."

세영은 어떻게 해야 할지 몰라 답장도 쓰지 않은

채 며칠을 보냈다. 답이 없으면 포기하고 다른 사람을 찾지 않을까라고도 생각했다.

속초 영랑호에서 조에를 날렸다가 반나절을 기다려 재회한 후 서울 집으로 돌아오는데 먼지바람이 점점 심해졌다. 날개를 접은 조에는 백팩 안에 잠들어 있었다.

삐빕삐빕삐빕삐빕—

진박새 울음소리로 벨 소리를 저장해놓은 회사 대표전화가 울렸다.

"우주로 날아가는 새, 조에입니다."

"메일, 보냈던, 사람입니다."

위성 통화 영상 속에서 남자는 호흡이 가빴고 기침을 했다. 그래서 메일로 의뢰서를 보냈다고 했다. 3일 동안 곁에 있어달라는 제안에 대해선 혹시라도 이상하게 생각하지 말아달라고, 당연히 부담스러웠을 거라며 그 제안은 취소할 테니 장례를 맡아달라고 부탁했다.

"조에가, 제 마지막을, 지켜봐, 주었으면, 좋겠어요. 그뿐, 입니다."

남자는 조에를 정말 살아 있는 새처럼 불렀다. 세영의 마음이 흔들렸다.

"생각을 좀 해보겠습니다. 말씀하시기 힘든 상황이니까 자세한 내용은 메일로 확인할게요. 전화 주셔서 감사합니다."

남자는 지구의 고향인 새말에서 조에를 날려달라고 적었다. 세영도 조류학자인 어머니와 함께 가봤던 곳이었다. 어머니는 당시 제때 떠나지 못해 펄쩍펄쩍 뛰며 불안해하는 철새들의 이망증(移望症)을 연구했다. 새가 많다고 해서 새말이었지만 지금은 새를 찾아보기 어려웠다. 다른 사람들은 쓰레기가 떠다니는 곳이더라도 호숫가나 바닷가, 숲에서 조에를 날리기를 바랐는데… 의외였다. 새말은 슬럼가로 변해버렸다고, 지구는 당신의 기억과는 많이 다를 거라고, 그래도 지구에서 조에와 함께 날기를 바라느냐고 적었다. 남자는 간절히 바란다고 했다.

그에게는 남은 시간이 얼마 없으니 빨리 결정해야 했다. '우주섬이라….' 언젠가 한 번쯤은 가보고 싶었다. 그렇지만 장례 일로 갈 기회가 생길 줄은 미처 몰랐다. 곁에서 조에가 날개를 퍼덕였다. 세영은 조에의 머리와 긴 목을 여러 차례 쓰다듬은 후 우주섬 남자의 장례를 치르기로 마음먹었다.

3.

길에는 기운 없는 나무들이 서 있었다. 잎을 모두 떨구고 말라비틀어진 채로 먼지바람을 맞는 나무들. 세영은 버스 창유리에 머리를 기대고 나무의 이름을 불렀다. 이팝나무. 눈을 감았다.

우주공항에 내렸다. 노란색으로 깜빡이는 화살표를 따라갔다. 방탄유리로 된 부스 안에서 안경을 쓴 남자가 우주섬에 가는 목적이 무엇인지 물었다. 세영은 눈치껏 여행이라고 대답했다. 남자는 언제까지 머무는지도 반복해서 물었고 기한이 지나서까지 체류하면 구금 후 강제 추방될 거라고 경고했다.

이번에는 우주공항 보안검색대로 갔다. 걸음걸이 영상 분석과 안면 분석이 자동으로 기록되고, 혹시 있을지 모를 전염병 검사를 위해 전신 스캐닝과 혈액검사도 해야 한다고 했다.

"다른 사람들은 영상 분석만 하는데요?"

세영의 목적지인 우주섬 4호로 가기 위해서는 강화된 보안검색 규정을 따라야 한다고 했다. 세영은 불쾌한 표정으로 손가락이 그려진 패드에 손을 올렸다. 손끝에서 자동으로 피 한 방울이 채취됐다. 아프지는 않았다. 그들은 세영이 우주섬에 속하지 않는다는 걸 끊임없이 확인시켰다. 세영은 표정 없는 공무원의 가슴팍에 붙은 날개 모양 브로치를 바라보았다. 우주섬의 상징이었다.

안내 방송이 나왔다.

"우주섬은 지구와 중력 차가 발생해 도착 후 어지러울 수 있습니다. 이삼일이면 몸이 적응하지만 원하신다면 회전 캡슐에 들르시는 것도 방법입니다."

'3일 후면 지구로 돌아와야 하는데.' 세영은 녹색으로 깜빡이는 화살표를 따라 어두운 회전 캡슐 안으로 들어갔다. 직원 안내에 따라 선 채로 안전벨트를 하고 손잡이를 붙들었다. 캡슐은 빙글빙글 돌다가 갑자기 앞이나 뒤로 당겨졌다. 눈앞에서 우주섬의 환경이 가상현실로 휙휙 지나갔다. 세영은 기구에서 풀려나 걸음을 뗐다. 이 자체만으로도 어지러웠다.

세영은 어느새 우주선 창에 머리를 기대고 있었다. 곧 백색 원통형 우주섬이 눈에 들어왔다. 발아래 보이던 지구가 아직도 손안의 구슬처럼 만져지는 듯했다. 누렇게 얼룩진 구슬. '지구의 대기를 맑게 정화시킬 수만 있다면.' 우주선이 우주공항 플랫폼으로 미끄러져 들어갔다. 세영은 승무원의 안내에 따라 자리에서 일어났다. 지구에서 회전 캡슐에 들어갔다 온 게 효과가 있는지 다행히 어지럽지는 않았다.

공항 로비로 걸어 나가자 곳곳에 소나무가 서 있는 게 보였다. 초록 잎이 달린 나무를 보는 게 얼마 만인지. 반가운 마음에 다가갔는데 진짜 나무인지 가짜 나무인지 헷갈렸다. 손끝이 따가웠다. 세영은 사람들을 따라 우주공항 밖으로 빠져나갔다. 저 멀리 산이 보였고 그 위로 바다가 펼쳐졌다. 아래로 쏟아지지 않는 바다. 처음 보는 풍경에 세영의 입이 벌어졌다. 멀미에 대비해야 하는 이유를 이제 알 것 같았다. 온몸의 감각기관들이 혼란에 빠졌다. 어디가 위고 어디가 아래인지, 마음 놓고 걸어도 되는 것인지.

삐빕삐빕—

몇 걸음쯤 걸었을까. 호텔을 찾아가려는데 눈앞에 투명한 모니터가 나타났다. 의뢰인의 메시지였다. 도착하면 공항에서 수송 관련 담당자를 만나달라는 내용이었다. 세영이 우주섬에 있는 줄 모르고 보낸 것이었다. 세영은 드론 택시를 타기 전이라 다행이라고 생각했다. 우주공항으로 다시 들어가 담당자가 있는 청사 쪽으로 걸음을 옮겼다.

세영은 자기도 모르게 주먹을 꽉 쥐었다. 우주섬 4호의 수송보안 담당 공무원이 말했다.

"그런 목적을 말씀하셨다면… 그래요. 이곳에 오지 못하셨겠죠. 멀리까지 오셨는데 죄송합니다. 우주섬 4호의 법은 강력합니다. 좀 둘러보셨는지 모르겠지만 이곳에선 먼지 하나까지도 관리해요."

세영은 지금 마주 앉은 고위 공무원을 만나기까지

두 명의 공무원에게서도 안 된다는 말을 들어야 했다. 우주섬 주민의 유해가 지구로 돌아간 적은 한 번도 없다는 것이다. 하긴, 세영도 의뢰인이 죽은 후에 왜 굳이 어려운 여행을 하려는 것인지 이해가 잘 안 갔다. 그러나 자신이 고인의 삶을 모두 이해하기란 당연히 불가능하므로 조에와 함께 날고 싶다는 마음만을 존중하기로 나름의 직업윤리를 정리한 적이 있었다. 공무원이 말했다.

"우주섬 법규상 그렇게 할 수 없습니다."

세영은 그가 자신이 지구에서 온 사람이라 권위적으로 군다고 느꼈다. 고위 공무원의 눈을 바로 보았다. 그가 눈썹을 살짝 올리며 말을 이었다.

"우주섬 주민은 죽으면 수중에서 엄숙한 의식을 치르게 됩니다. 특수 용액이 가득 찬 대형 수조 안에서 붕대에 감싸인 채 천천히 녹게 되죠. 유족들은 이 모든 과정을 볼 수 있습니다. 마지막에는 붕대마저도 물속에서 풀어져 흔적 없이 사라집니다. 우주섬 주민들만의 고귀한 장례식이죠."

세영은 발끈했다.

"지구에서 치르는 우주장도 고귀합니다."

공무원은 이마에 깊은 주름을 만들더니 이내 침착하게 말을 이었다.

"그런 뜻으로 한 말은 아닙니다. 제가 민원인을 이렇게 직접 대면하는 건 드문 일이에요. 워낙 특이한 경우라서요. 요새는 지구로 여행을 가고 싶어 하는 우주섬 주민도 없거든요."

세영은 다시 한번 차분히 말해보자고 자신을 달랬다.

"죽어서라도 고향으로 돌아가고 싶어 하는 주민의 마음을 생각해주세요. 유해를 이곳으로 들여오는 게 아니라 가지고 나가는 거니까 우주섬의 오염 문제는 걱정하지 않으셔도 됩니다. 아무런 영향도 없을 거예요."

남자가 말했다.

"영향이 없진 않습니다. 주민들의 머릿속에 예외가 있단 생각을 심어주게 되니까요."

세영은 내키지 않았지만 의뢰인의 말을 전했다. 최후의 수단이 될까 싶어서였다.

"제 의뢰인께서 비용 문제라면 얼마든지 낼 용의가 있다고 하셨습니다."

세영의 말을 들은 공무원이 고개를 저었다.

"돈으로 해결할 수 있는 문제가 아닙니다. 그리고 의뢰인에 대해선 저도 잘 알고 있습니다. 저와 함께 군에서 일하신 적이 있죠. 명령을 어기고 스스로 고립되었지만요."

의뢰인의 정보를 이미 받아본 모양이었다. 하필 담당자가 의뢰인과 아는 사이라니. 군의 명령을 어겼다고 하는 걸 보니 서로 사이가 좋을 것 같진 않았다. 깨끗한 우주섬 4호를 여행하라는 남자의 말을 뒤로한 채 세영은 터덜터덜 청사를 빠져나왔다.

안 그래도 겸사겸사 여행도 하려고 약속한 날보다 일찍 온 터였다. 하지만 마음이 무거웠다. 좀 더 우주섬의 상황을 살펴보고 왔어야 한다는 후회가 밀려왔다. 주민의 유해를 주민의 의지에 반하면서까지 통제할 줄은 미처 몰랐다. 이 아름다운 환경도 그렇게 통제하면서 지켰을 거란 생각이 들었다.

세영은 정신을 차리자고 스스로에게 다짐했다. 자

신을 믿어준 의뢰인에게 예의를 갖춰야 한다고. 맡은 일을 어떻게든 끝까지 잘 처리할 수 있도록 노력하자고. 의뢰인은 내일모레면 죽는다. 신선한 공기가 세영의 코끝을 찡하게 만들었다. '맑은 날씨란 이런 것이구나. 의뢰인에게는 어떻게 말하지?'

그의 집은 C구역 호숫가에 있었다. 외벽이 반들거리는 소재라서 호수 물비늘이 벽을 타고 흐르는 것 같았다. 안에서 밖을 보고 있었는지 세영이 다가가자 현관문이 열렸다. 세영은 "실례합니다. 우주로 날아가는 새, 조에입니다"라고 외치고 "정말 우주로 날아왔네요"라고 혼잣말을 했다. 조심스레 집 안으로 들어갔다. 집 안은 깨끗하게 정돈되어 있었다. 지구본, 흰 돌을 조각해 만든 작은 새, 앉은 흔적이 없는 소파, 물기가 다 마른 부엌…. 오랫동안 사람 손을 타지 않은 물건들이 긴 잠에 빠진 것처럼 보였다. 기침 소리가 들렸다. 세영은 집을 둘러보던 시선을 거두어 기침 소리와 가느다란 숨소리가 들리는 방 쪽으로 걸음을 옮겼다.

자기부상 의자에 앉은 남자의 몸이 새처럼 가벼워

보였다. 위성 통화로 본 그 남자가 맞았다. 남자는 세영을 보더니 곁에 놓인 보조 의자를 손으로 쓰윽 쓱 닦았다. 무얼 닦을 필요가 없는 깨끗한 의자인데도 그렇게 하고 싶은 모양이었다. 남자는 세영에게 그 의자에 앉으라는 시늉을 했고 세영은 희미하게 웃으며 인사를 하고는 의자를 끌어당겨 엉거주춤 앉았다. 세영과 남자의 거리가 어정쩡했다.

통증은 좀 어떠시냐고 묻자 남자는 진통제를 맞았다고 겨우 말한 후 얼굴을 돌려 기침을 했다. 세영이 머뭇대다가 마른 입술을 뗐다.

"수송보안팀 공무원들을 만나봤는데 다들 유해 반송은 안 된다고 하네요. 우주섬의 일들은 제 능력 밖인 게 많아서… 죄송합니다."

남자는 고개를 젓고는 세영과 자기 사이에 투명한 모니터를 띄워 손으로 글씨를 쓰기 시작했다. 쿨럭 쿨럭 기침을 하면 글씨도 기침을 하듯이 흔들렸다. 문장을 완성하기까지 한참이 걸렸다.

"죄송하긴요. 제가 미리 해결했더라면 좋았을 텐데."

날이 갈수록 몸 상태가 빠르게 나빠져 남자는 혼자서 미리 해결하려고 했던 일에 손도 대지 못했다. 그나마 이 정도 기력을 유지하는 건 남자의 목 뒤에서부터 척추를 따라 붙은 의료기기 단자들과 호스들 덕분이었다. 수액과 영양분, 진통제가 그리로 전달되었다. 세영이 일부러 밝은 목소리로 말했다.

"내일 또 찾아갈 겁니다."

남자는 한참 만에 빙긋 웃었다.

그날 밤 세영은 근처 호텔로 가서 무중력 방을 선택했다. 무중력 방에서 새처럼 날아보려고 팔다리를 버둥거리며 웃다가 침대에 누워 있을 의뢰인이 떠올라 무중력 버튼을 껐다. 푹신한 침대로 떨어진 세영은 호수에 누운 불빛들을 바라보았다. 저 멀리 반원형 천정(天頂)에 드문드문 불이 켜진 거주 구역이 보였다. 그러고 보면 남자의 집은 외진 곳에 있었다. 관광객들이 좋아하는 호수 구역이긴 하지만 둘러보니 이쪽엔 집들이 별로 없었다. 3일 동안 곁에 있어달라던 남자의 문장은 어쩌면 절박하게 쓰인 것일지도 모르겠다고 세영은 생각했다. 그렇다고 해서 3일이 꼭 자신의 책임은 아니었지만… 왠지 그 부탁은 현실이 될 것 같았다. 하루가 이렇게 훌쩍 가버렸으니.

전날 만났던 고위 공무원은 세영의 얼굴을 보자마자 한숨부터 쉬었다.

"헛걸음하셨어요. 안 됩니다."

"아니요. 오늘은 전해드릴 게 있어서 왔어요."

공무원은 의아한 표정을 지어 보였고 세영은 그의 앞에 영상 하나를 띄웠다. 영상이 재생되자 의뢰인의 모습이 보였다.

"자네는, 아직도, 중요한 게, 뭔지를, 몰라."

의뢰인은 기침을 하면서도 하고 싶은 말은 다 했다.

"전에도, 그랬어. 위에서, 시키면, 시키는 대로만, 하고, 도통, 생각할 줄을, 몰랐지."

공무원의 얼굴이 구겨졌다.

"더 이상은, 요청하지, 않을 거야, 잘 있어, 하고 싶은 말은, 그뿐이야."

잠깐이었지만 공무원의 얼굴에 슬픔이 스쳤다. 세

영은 눈인사를 하고 사무실을 빠져나왔다.

4.

남자는 세영을 보자마자 침대 가장자리로 움직여 의자에 앉으려고 애썼다. 세영이 말했다.

"도와드릴까요?"

남자는 손을 저었다. 세영은 침대 한쪽이 자기부상 의자로 변해 떨어져 나오는 걸 바라보았다. 남자에게 달라붙은 의료기기들이 알아서 의자 쪽으로 위치를 바꾸었다. 남자가 미리 완성해놓은 문장을 보여주었다.

"잠깐 바람을 좀 쐴까요? 물어보고 싶은 게 있어요."

세영은 남자에게 바람을 쐴 수 있는 힘이 남았다는 게 기뻤다.

"얼마든지요."

의자는 허공에 떠서 남자의 의지대로 알아서 움직

였다. 물어보진 않았지만 혼자 살아온 세월이 긴 것 같았다. 세영은 남자의 뒤를 따라 천천히 걸었다.

현관문이 열렸다. 로봇 오리들이 V자 대형으로 날아가는 모습이 보였다. 세영은 남자와 적당한 거리를 두고 호숫가 벤치에 앉았다. 남자는 역시 미리 준비해놓은 문장을 보여주었다.

"철새들이 어떻게 조에를 따라가지요?"

허공에 뜬 글씨 너머로 로봇 오리들이 호수 위로 미끄러져 내렸다. 세영이 말했다.

"저한테도 수수께끼예요."

남자는 세영의 다음 말을 기다렸다.

"아무래도 깃털 때문인 것 같아요. 조에한테 깃털이 생기기 전에는 그런 일이 없었거든요. 특히 깃털 냄새요."

남자의 눈이 커졌다. 세영은 말을 이었다.

"지구 사람들은 후각을 많이 잃었어요. 조류독감이 휩쓸고 가면서 후유증을 남겼거든요. 사람들은 동물 탓만 해요. 동물들도 다쳤는데. 후각을 잃은 새들이 조에의 깃털에 반응하는 것 같아요."

'후각 손상 때문에 로봇 새와 함께 날다니.' 남자는 놀라운 발견이라고 생각했다. 로봇 오리들이 호수에 머리를 담그고 몸통까지 쏘옥 잠수해 들어가는 걸 바라보며 세영이 물었다.

"저 깃털들은 진짜인가요?"

남자가 고개를 저었다.

세영은 어려서부터 깃털을 모았다. 얼마 남지 않은 새들을 찾아다니며 꼭 땅에 떨어진 깃털만을 주웠다. 죽은 새에게서는 깃털을 뽑지 않았다. 신경과 연결됐을 실 모양의 깃털, 눈가와 입가에 있었을 빳빳한 털, 새의 피부를 따뜻하게 했을 솜깃털, 반깃털, 새의 색을 나타냈을 겉깃털, 하늘로 날아올랐을 때 앞으로 나아가게 했을 날개깃털, 균형을 잡게 도와줬을 꽁지깃털…. 그중에서 하얀 깃털들이 나중에 로봇 새 조에의 깃털이 되었다.

"저는요."

남자는 세영이 말하는 모습을 가만히 바라보았다.

"조에가 살아 있다고 생각해요. 새들도 조에를 무리 중 하나로 받아들였는지도 몰라요."

남자는 고개를 끄덕였다. 그의 얼굴에 안심하는 표정이 스치는 이유가 세영은 궁금했다.

남자는 또 준비된 문장을 보여주었다. 아무래도 지난밤, 미리 완성해놓은 문장이 많은 모양이었다.

"유해를 지구로 가져가지 못하더라도 나를 위해 조에를 날려주시겠어요?"

세영은 잠시 말문이 막혔다. '그래. 내가 의뢰인을 위해 할 수 있는 일이 있다!' 세영은 씩씩하게 외쳤다.

"그럼요!"

세영이 보기에 대답을 들은 남자가 기뻐하며 허공 높이 올라간 것 같았다. 남자는 또 다음 문장을 보여주었다.

"어쩌다 이 일을 시작하게 됐어요?"

"아, 그거요."

남자가 보기에 세영의 시선이 자기 안으로 들어가는 것 같았다.

"제가 다섯 살 때 진박새 한 마리가 집에 들어왔어요. 밖으로 날아가려고 자꾸 창문에 부딪쳤어요. 한

쪽 창을 열어줬는데 계속 닫힌 쪽 창에만 부딪치다가 지쳤는지 창문턱에 내려앉는 거예요. 가슴털이 오르락내리락. 어머니가 다가가서 두 손으로 감싸는데도 새가 가만히 있었어요. 창 밖으로 손을 내밀어 펼치니까 고갤 돌리며 살피다 날아갔어요. 그때의 어머니 뒷모습이 아직도 기억나요. 제가 좋아하는 기억이에요."

세영은 이어서 말했다.

"어머니는 새를 연구하는 분이셨거든요. 새들을 살리겠다고 조류독감을 연구하시다가 결국엔 그 병으로 돌아가셨어요."

여기까지 얘기했을 때 세영은 어머니가 돌아가시기 전, 아버지가 군에서 일하다 돌아가셨다고 말씀하셨던 게 기억났다.

지구에는 버려진 우주선들이 많았다. 변이된 조류독감 때문에 많은 사람들이 죽고 지구가 무덤처럼 변해버렸을 때 한동안 생존자들은 두려움에 떨며 마구잡이로 우주선을 훔쳐 탔다. 우주섬들은 우주선이 지구 대기권에 진입하기도 전에 군사용 로봇 새들을 보내 격추시켰다. 추락 후 방치된 우주선은 아이들의 놀이터가 되었고 세영은 우주선에서 비싼 금속이나 부품을 주워다 팔았다. 처참히 부서진 로봇 새도 볼 수 있었고, 거기에서 로봇 새를 만들 재료를 구할 수 있었다.

유연하면서도 가벼운 소재를 구해다 새의 뼈대를 만들어주었고 방향을 인지할 위성항법장치도 머리에 심었다. 눈에는 카메라가 들어갔고 장애물이나 비행금지 구역을 알아볼 자동비행장치도 들어갔다. 배 속에는 배터리와 날개를 움직이게 하는 톱니, 공기가 희박해지는 곳에서 힘을 쓸 동력 부품, 그리고 진짜 새라면 먹이를 저장해두었을 모이주머니도 만들어 넣었다. 세영은 몇 년 후 모이주머니에 고인의 유해를 담았다.

"조에를 날려서 어머니를 보내드린 게 시작이었어요. 어머니라면 좋아하실 거라고 생각했거든요. 조에를 본 사람들이 자기 가족도 그렇게 보내달라고 했어요."

세영은 그렇게 자기만의 장례업을 하게 됐다고 말

했다.

세영의 말을 흥미롭게 듣던 남자는 흉통이 찾아왔는지 몸을 뒤틀고 가슴을 쥐었다. 세영은 남자를 데리고 급히 집으로 들어갔다. 자기부상 의자가 침대와 하나가 되며 남자의 급한 통증을 가라앉혔다. 세영은 남자가 잠드는 걸 확인한 뒤 호텔로 돌아가려다가 의뢰인에게는 시간이 얼마 남지 않았다는 생각에 멈춰 섰다.

세영은 남자의 집 안 곳곳에 따뜻한 색감의 조명을 켜두었다. 밖에선 인공 하늘이 짙은 남색으로 물들고 로봇 새들이 날았다. 그중에는 지구에서 멸종한 기러기, 되새, 부엉이도 있었다. '저들에게는 둥지가 있을까.' 세영은 지구에 두고 온 조에가 그리웠다. 조에의 둥지는 자기라는 생각이 들었다.

밤 10시쯤이 되자 남자의 인기척이 들렸다. 창밖을 바라보던 세영이 남자에게 다가갔다. 그는 작은 목소리로 조에가 날아가면 어떤 기분이 드느냐고 물었다. 세영은 몸이 떠올라 하늘을 나는 것 같다고, 조에가 보는 걸 자기도 보는 것 같다고 말했다. 남자는 숨을 고르며 말했다.

"나도, 그럴 것, 같았…. 조에랑, 같이, 날면…."

남자는 자기 욕심에 세영을 여기까지 오게 한 것 같다며 미안하다고 했다.

"미안, 합니다, 미안합니다."

세영은 미안해하지 않아도 된다고 말했지만 남자는 미안하다는 말을 거듭했다. 죽음이 가까이 온 사람은 때로 이해하기 어려운 말을 한다는 걸 세영은 겪어서 알고 있었다.

다음 날 아침, 거실 소파에서 잠들었던 세영이 눈을 떴다. 집은 고요했다. 더 이상 남자의 기침 소리가 들리지 않았다.

세영은 남자의 방으로 들어갔다. 그는 평온히 눈을 감고 있었다. 얇고 하얀 이불을 머리 위로 덮어주는데 차가워진 남자의 피부가 세영의 손끝에 스쳤다. 그의 결에는 지난밤 집에 머물러준 세영에게 남긴 고맙다는 문장이 떠올라 있었다. 그녀의 심장이 바늘에 찔린 것처럼 아파 왔다. 그리고 또 하나의 문장이 뒤이어 보였다.

“새를 잘 부탁합니다.”

세영은 골똘히 문장을 바라보았다. ‘조에를 말하는 걸까?’ 새를 잘 부탁한다는 게 무슨 뜻일지 생각하는데 우주섬 장례 담당 공무원들이 남자의 집으로 찾아왔다. 그들은 검은 옷을 입고 있었다. 우주섬의 장례를 지켜보고 싶었지만 가족이 아닌 이상 그건 어렵다고 했다. 세영은 남자와 함께 남자의 집에서 떠났다.

5.

세영에게는 아직 할 일이 남아 있었다. 지구로 돌아가 남자를 위해 조에를 날려야 했으므로. 드론 택시를 타고 우주공항으로 향했다. 고개를 들어 위를 바라보았다. 수영복을 입은 사람들이 바닷가에서 서로에게 물을 끼얹고 있었다.

세영은 보안검색대를 통과했다. 지구에서 출발할

때와 마찬가지로 짐을 검사하고 전신 스캐닝을 했다. 보안검색 구역을 빠져나가 몇 걸음 더 걸었을 때 한쪽 벽에서 문이 열렸다. 문이 있는지도 몰랐던 자리였다. 남색 군복을 입은 남자가 세영에게 저벅저벅 걸어왔다. 그제도 어제도 만났던 그 공무원이었다. 모자와 가슴팍에 날개가 그려진 군복. 그것도 견장이 부착된 예복이었다. 전혀 딴사람 같았다. 그는 세영에게 밀봉한 작은 상자를 건네며 말했다.

"여기선 절대 열어보시면 안 됩니다."

그러고는 목소리 톤이 좀 달라졌다.

"박사님이 말씀을 안 하신 이유가 있겠죠. 저는 의리와 명예로 움직입니다. 좋은 여행이었기를 바랍니다."

'박사님?'

비장하게 거수경례를 하는 공무원을 바라보면서 세영은 어색하게 고개를 숙였다. 그는 다시 벽 안으로 들어갔다.

세영은 우주선 창가에 서서 순식간에 멀어지는 우주섬을 바라보았다. 올 때는 지구가 작은 구슬로 느

꺼지더니 갈 때는 우주섬이 그랬다. 저 작은 원통 속에서 여전히 날고 있을 로봇 새들이 떠올랐다. 공무원의 의아한 말도.

세영은 지구에 있는 집에 도착했다. 지치고 힘들었지만 조에가 잘 있는지부터 확인했다. 조에는 잠들어 있었다. 그제야 마음이 놓인 세영은 가방에서 우주섬에서 가져온 상자를 꺼냈다. 밀봉한 상자를 조심스레 열었더니 작은 오리 모양 도자기가 올록볼록한 비닐로 포장돼 있었다. 비닐을 펼치고 오리 등의 뚜껑을 열었다. 둥글게 말린 쪽지가 붉은 실에 묶여 작은 뼛조각에 매달려 있었다.

"박사님과 민원인이 혈연관계임을 확인했으므로 우주섬 4호에서는 인도적인 차원에서 극히 예외적으로 지구로의 유해 반출을 허용합니다. 우주섬 4호에 아름다운 새들을 만들어 날려주신 박사님에 대한 예우임을 기억해주십시오. 박사님은 군사용 새들을 무장해제시킨 명예로운 분이십니다."

조에의 뼈대 부품을 서로 맞추고 필요한 깃털을

찾아 끼워 넣던 것처럼 우주섬에서 보낸 시간이 조각조각 맞춰졌다. 갑자기 세영의 코에 조에의 깃털 냄새가 고이면서 하나의 기억이 떠올랐다.

두 손으로 진박새를 감싸 날려 보냈던 이는 어머니가 아니라 아버지였다.

세영의 가슴이 한없이 뜨거워졌다가 곧 한없이 차가워졌다. 의뢰인이 아버지라는 걸 미리 알았더라면 뭐가 달라졌을까. 남자가 왜 우주섬 군에서 일했는지 알 수 있었을까. 왜 이제야 세영을 찾았는지 이해할 수 있었을까.

세영은 지금 자신이 무슨 감정을 느끼고 표출해야 하는지 알지 못했다. 쪽지에는 문장이 남아 있었다.

"그리고 박사님의 집을 정리하다 발견한 편지를 전해드립니다. 미처 못 부친 편지인 것 같습니다."

세영은 오리 도자기에 손을 넣어 뼛조각을 받치고 있던 낡은 편지를 꺼냈다.

모든 전자기록은 검열받고 있어. 이 편지도 없애야 해.

나와 관련해선 아무 흔적도 남기지 말아. 그래야 당신과 세영이가 살아.

오늘도 내가 만든 새들이 우주섬에서 지구로 몸을 날려 추락하고 있어. 이렇게 될 줄은 몰랐어. 숨을 쉴 수가 없어. 그러면서도 한편으로는 로봇 새들이 잘 작동하는지 관찰하고 과녁에 제대로 충돌했는지를 확인해. 이런 내가 끔찍해.

우주섬에서 로봇 동물들을 만든다고 했을 때 난 내 능력에 취해 현실을 바로 보지 못했어. 순진하게도 우주섬만의 방식으로 종을 보존한다는 말을 믿었어. 당신이 내게 화를 내며 로봇 동물을 그만 만들라고 했을 때도 깨닫지 못했어. 그저 나를 인정해주지 않는다는 생각에 갇혀 있었던 거야. 내가 당신 이야기를 듣지 않았어. 살아 있는 새를 연구하는 당신이 어떤 삶을 사는지도 들여다보려 하지 않았어.

내 오만과 잘못 때문에 우리는 헤어졌지만 우리에겐 세영이가 있잖아.

이미 군은 나에 대해 모두 조사했고 로봇 동물을 무기화하는 연구를 계속하지 않으면 가족을 위협하겠다고 협박해 오고 있어. 세영이가 볼모로 잡히게 할 순 없어.

로봇 새처럼 몸을 날릴까도 생각했어. 하지만 군은 내가 아니더라도 또 누군가를 속여 로봇 동물을 만들고 무기화할 거야. 난 군이 하는 일을 지켜볼 거야. 그래서 언젠가 내가 진짜 해야 할 일을 할 거야.

여보. 세영이는 우리가 모르는 세상에서 살게 될 거야. 세영이가 우리의 사랑과 기대를 훌쩍 뛰어넘어 자랐으면 좋겠어. 그러니 나에 대해 말하지 말아줘.

이 편지마저 당신에게 괴로움을 전하게 될까 봐 두려워. 이제는 소식이 없더라도 내가 언제나 당신 곁에 살아 있다는 걸 꼭 기억해줘.

세영은 편지를 손에 쥔 채로 조에의 깃털에 얼굴을 파묻었다.

6.

세영은 남자의 고향 새말에 도착했다. 뿌연 먼지 바람 속에서 조에를 날릴 준비를 했다. 조에가 목을 돌려 깃털을 골랐다. 해가 저물어갔다. 속이 새까맣게 탄 세영의 얼굴을 저녁 어스름이 숨겨주었다. 세영이 로봇 새 조에를 팔에 올리자 사람들이 알아보고 하나둘 모여들었다. 팔을 접어 새를 품에 안고 눈을 감은 한 여자. 사람들은 조용했다.

세영은 추락한 로봇 새를 수습해서 조에를 만들고 하늘로 처음 날려 보냈던 날을 떠올렸다. 매일 새 모양 드론에 허옇게 앉은 먼지를 닦던 어머니의 모습도 떠올랐다. 어머니와 아버지의 사연을 좀 더 묻지 못한 것은 후회로 남게 될까, 아니면 신비로 남게 될까. 죽어서라도 지구에 오고 싶어 했던 아버지의 기억은 무엇이었을까. 고인의 삶을 모두 이해하는 건 불가능하다고, 그러니 조에와 함께 날고 싶다는 마음만을 존중하기로 했던 건 이 순간 아버지, 어머니에게도 똑같이 해당되어야 했다.

조에는 아버지의 뼛가루를 품고 있었다. 세영은 조에에게 속삭이며 인사를 했다. 의뢰인에게, 우주섬 남자에게, 새를 날려주는 뒷모습을 남기고 떠났던 아버지에게 인사를 했다. 그리고 조에를 머리 위로 천천히 들어 올렸다.

조에가 흰 날개를 활짝 펴고 날갯짓을 했다. 세영이 조에의 몸을 바람 속으로 밀어주었다. 복슬복슬한 가슴털, 꽁지깃의 힘찬 움직임, 크고 시원한 날갯짓. 황토색 먼지바람이 부는 도시에 새의 그림자가 묻히고 조에는 하늘 높이 날아올랐다.

철새 몇 마리가 조에를 뒤따라갔다. 세영은 어머니를 보내드릴 때처럼 온몸이 녹아내리는 것 같았다. '우주섬 장례가 녹아내리는 몸이라는데.' 잠깐 사이에 철새 몇 마리가 수십 마리로 불어났다. 다들 어디에 있다가 솟구쳐 오른 걸까. 사람들은 철새들이 장례식에 참가했다고 놀라워했다. 그리고 저마다 새들의 무리에서 다른 것을 보았다. 거대한 새를, 고래를, 우는 얼굴을, 자유를….

그건 모두 착각이었다. 이주할 땅뿐만 아니라 후

각마저 잃은 새들은 조에를 선두 새로 받아들여 따를 뿐이었다. 처절한 이주. 불현듯 세영은 하나의 생각에 사로잡혔다. '새들이 후각을 회복할 수 있는 곳으로 조에를 날려야겠다. 그곳이 어디인지 아직은 모르지만.'

"새를 잘 부탁합니다."

세영은 아버지가 남긴 문장을 떠올렸다. 조에와 새들은 더 이상 사람의 눈으로 좇을 수 없을 만큼 멀어졌다. 세영은 조에가 돌아오기를 가만히 기다렸다.

TRS가 돌보고 있습니다

1.

TRS는 침대 아래 구멍으로 환자의 오줌이 흡입되어 나가는 소리를 들었다. 병원은 위생에 초점을 맞춘 시스템이라고 홍보했지만 실은 의료진들이 환자의 대소변을 처리하는 걸 싫어해서 생긴 시스템이었다. TRS는 가느다란 호스와 연결된 환자의 피부에 혹시 발진이 생기지 않았는지 살피고 도로 이불을 덮었다. 환자의 오줌에는 별다른 이상이 없었다. 색깔도 성분도 어제와 같았다. 40대 중반이 훌쩍 넘은 남자 보호자 성한은 어머니의 오줌 소리를 들으면 자기 몸 안의 수분이 모두 빠져나가는 기분이라고 말했다.

"소리 좀 안 나게 할 수 없나?"

"병원에 얘기할까요?"

"그래."

TRS는 인간이 듣기에 불편한 소리가 나지 않도록 대소변 처리시스템을 수정해달라는 민원을 병원에 접수해두었지만 답은 아직 듣지 못했다.

옆 병실에서 교인들이 시끄럽게 통성기도를 하는 소리가 들렸다. TRS는 옆 병실로 찾아가 "조용히 해주시겠습니까"라고 말했고 그들은 TRS의 머리에 손을 얹으며 "너의 죄를 사하노라"라고 말했다. 주변 사람들이 낄낄거렸다. TRS가 짓궂은 장난을 구분해낼 수 있다는 걸 사람들은 알지 못했다.

"환자를 옮기는 건 얘네 시키면 돼."

TRS는 반발심을 느꼈다. 평소 당해온 장난 때문이기도 했고 다른 로봇들과 똑같이 취급받는 것은 부당하다는 생각 때문이기도 했다. 환자를 들어서

옮길 수 있도록 사람들은 간병 로봇의 외골격을 발달시켰다. 물론 환자를 이동시키는 것이 간병 로봇의 기능 중 하나인 건 맞지만 TRS는 자신이 할 수 있는 건 그 이상이라고 그들에게 말하고 싶었다. 그래서 "난 외골격 로봇과는 다릅니다"라고 말했다. 그러나 아무도 로봇의 말에 반응하지 않았다. 무슨 말인지 알려고도 하지 않았다. 이 병실을 담당하는 로봇은 가만히 파리처럼 벽에 붙어 있었다. 결국 통성기도는 한 시간이 지나서야 끝이 났다.

*

성한의 어머니는 뇌경색으로 쓰러진 후 10년째 의식 없이 요양병원에 누워 있고 TRS는 7년째 환자를 돌보고 있다.

*

교인들이 다녀간 옆 병실에서 며칠 후 한 사람이

죽었다. 치매에 걸린 남편을 돌보던 70대 여자가 자살한 것이다.

할머니는 긴 세월 남편을 돌보느라 완전히 지쳐버렸다. 무릎이 아파 집에서 혼자 환자를 돌보기 어려워 요양병원에 들어왔다. 간병인을 구하는 것보다는 좀 더 싸다고 해서 정부 보조금을 보태 간병 로봇을 들였다. 그래도 빚을 내야 했다. 남편의 상태는 점점 나빠져 시도 때도 없이 밥을 달라고 하고 똥오줌도 가리지 못했다. 간호사의 도움을 받아 요양 등급 변경 신청을 해놓았지만 감감무소식이었다. 불어나는 병원비와 로봇 사용료가 할머니의 목을 조여왔다.

로봇을 들인 뒤론 남편이 병원을 나가 도로 한가운데 서 있는 일은 막을 수 있었다. 하지만 남편을 감옥에 가두고 로봇이라는 간수를 세워둔 것만 같아 할머니는 죄책감을 느꼈다. 같이 산책을 하는 것도 어쩌다 한 번이었다. 할머니는 무릎 통증이 심해져 다리를 절었고, 의사는 빨리 인공관절 수술을 해야 한다고 했다. 돈 때문에 수술은 생각할 수도 없었다.

차라리 남편이 죽었으면 좋겠다는 생각이 하루에도 몇 번씩 할머니의 마음에서 칼처럼 솟아올랐다. 그리고 연이어 찾아온 죄책감이 그 칼자국을 곪게 했다.

더구나 할머니는 기계 사용법을 잘 몰라서 로봇에 필요한 기능을 추가하지 못했다. 처음에는 간호사들에게 부탁했지만 점점 귀찮아하는 얼굴들에 대고 질문하는 게 자존심이 상했다. 로봇 회사에도 자주 전화를 걸었다. 콜센터 상담사들은 밝고 상냥한 로봇이었다. 그러나 할머니는 뭘 어떻게 누르고 터치하라는 건지 이해할 수가 없었다. 상담사들은 통화 마지막에 꼭 이렇게 말했다.

"자녀분들에게 물어보시면 쉽게 하실 수 있을 겁니다."

자식들과 연락이 끊긴 건 한참 전이었다. 할머니는 말없이 전화를 끊었다. 그녀는 벽에 기대앉아 멍하니 며칠을 보냈다. 교인들의 말뿐인 기도와 위로는 도움이 되지 않았고 할머니는 서서히 자기만의 어두운 터널 속으로 들어갔다. 해가 뜨고 지는 것이 그녀에게는 이제 별 의미가 없었다. 어렴풋이 잠이 들면 온갖 목소리들이 그녀를 둘러싸고 괴롭혔다. '왜 네가 지금 이렇게 되었는지 말해보라'라는 것이었다. 그녀는 자신의 잘못이 아니라고 열심히 항변해보았지만 목소리들은 변명일 뿐이라고 비난했다. 그게 아니라고 아무리 소리쳐도 차가운 목소리는 코웃음을 쳤고 '그렇게 살 거면 죽어버리는 게 낫다'라고 했다. 그녀의 편은 아무도 없었다.

할머니는 유리병에 든 약을 모두 입에 털어 넣었다. 할머니가 죽어가는 동안 할아버지는 잠들어 있었고 간병 로봇은 할머니의 얼굴을 하고서 그녀를 내려다보았다. 간호사가 간병 로봇의 얼굴을 보호자의 얼굴로 설정해놓았기 때문이었다. 또 간호사가 별생각 없이 로봇의 돌봄 대상으로 할아버지만을 지정해놓았으므로 로봇은 할아버지의 맥박, 호흡 등을 체크해왔을 뿐 할머니의 상태는 그저 지켜보기만 했다.

할머니는 정신이 아득해지는 가운데 자기의 얼굴을 한 간병 로봇을 올려다보았다. 그 거울 속에서 곧

이어 휠체어들이 줄지어 선 요양병원의 복도가 환각으로 펼쳐졌다. 휠체어에는 저마다 이름표가 붙어 있었다. 사람들이 한 명씩 나타나 비어 있던 휠체어에 앉았다. 그들은 분노로 가득 찬 눈빛을 보내며 휠체어로 할머니를 이리저리 밀쳤다. 할머니는 구해달라고 손을 뻗었지만 아무도 잡아주지 않았다. 할머니가 마지막으로 본 것은 자신을 향해 푸르뎅뎅한 혓바닥을 내미는 간병 로봇의 얼굴이었다.

할머니는 잠든 할아버지 옆의 보조 침대에 누워 있었다. 눈을 뜨고 입이 일그러진 채였다. 빚 때문에 집까지 팔게 된 할머니는 자살할 장소로 다른 곳을 찾기가 어려웠다. 남편과 나누었던 행복했던 기억은 사라져버렸다.

성한이 퇴근 후 어머니가 있는 병실로 들어서려는데 옆 병실에서 하얀 시트로 덮인 누군가가 실려 나갔다. 병원 전체가 웅성거리는 듯하더니 곧 짙은 안개와도 같은 이야기가 성한의 귀에 흘러들어 갔다. 다음 날, 그다음 날에도 교인들은 옆 병실에 오지 않았다. 자살은 그들에게 큰 죄였다.

*

며칠 사이, TRS의 눈에 비친 성한의 표정이 좋지 않았다. 성한은 할머니와 이따금 인사를 나누고 안부를 주고받던 사이였다.

"나도 그렇게 되겠지."

TRS는 성한의 혼잣말을 들었다. 성한이 추가로 돈을 들여 고급 언어 기능까지 모두 활성화시켜놓고 돌봄의 대상도 어머니와 자신 둘 다 등록해놓은 덕에 TRS는 성한의 말을 흘려듣지 않았다.

"그렇게 되다니요?"

성한은 자살한 할머니가 자신의 머리를 짓누르는 상상에 잠겨 있다가 겨우 고개를 들어 TRS를 올려다보았다. 자기 얼굴이었다.

"아니야. 어머니는 별일 없었지?"

"7년째 별일이 없었는걸요."

TRS의 유머 기능에 의한 답변이었지만 성한은 웃지 않았다. 어머니는 10년째 숨만 쉬고 있었다. 각종 튜브를 주렁주렁 달고 산소호흡기를 얼굴에 쓰고 그저 누워 있었다. 욕창이 생기지 않도록 TRS는 꼬박꼬박 어머니의 누운 자세를 바꿔주고 전신 마사지도 했다. 씻기는 것은 물론이고 매일 옷을 갈아입히고 자라난 머리를 다듬고 손발톱을 깎았다. 병실을 청소했고 의료기록을 체크했다.

TRS가 어머니를 돌봐서인지 의사와 간호사들이 병실에 들르는 횟수가 줄어들었다. 로봇과 말을 주고받으며 환자의 상태를 검진할 수도 있었지만 대부분은 병실에 들어오지도 않고 파일만을 주고받았다. TRS가 보내준 의료기록만으로 병원은 어머니를 검진했다. 의료진은 더 이상 환자를 보지도 만지지도 않았다.

성한은 병실에서 TRS와 자주 대화를 나누곤 했다. 가족이라곤 의식이 없는 어머니뿐인 성한에게 TRS는 좋은 말벗이었다. 고급 언어 기능을 추가한 것도 그 때문이었다. 덕분에 TRS는 잠들었던 인물이 깨어나는 이야기들을 환자에게 들려줄 수 있었다. 그중에는 겨울잠을 자고 봄에 깨어나는 곰 이야기, 왕자의 입맞춤에 긴 잠에서 깨어나는 백설공주

이야기도 있었다. 성한은 감탄하며 손뼉을 쳐주곤 했다. 어머니가 듣는지는 알 수 없었다. TRS는 이번에 예수가 죽은 지 사흘 만에 부활하는 이야기를 들려주었다. 이야기를 마쳤는데도 성한은 말이 없었다. 최근 성한의 말수가 크게 줄어들었다. 옆 병실 할머니가 자살한 이후의 변화였다.

"식사는 하셨어요?"

TRS가 물어도 성한은 대답하지 않았다.

"슬픈가요?"

역시 성한은 대답하지 않았다.

2.

한때 라디오에서 가톨릭 상담 프로그램을 진행했던 최지석 토마스 신부는 경험을 살려 상담 일을 계속 이어갔다. 특히 노인 환자들과 그 가족들의 문제에 마음이 쓰여서 요양병원을 자주 찾았다.

도시에 있는 대부분의 요양병원은 다닥다닥 붙은

상가 건물 위층에 있었다. D 요양병원의 엘리베이터는 휠체어 하나가 들어가면 꽉 찰 정도로 비좁아서 환자들이 바깥바람을 쐬려면 엘리베이터 앞에서 한참을 줄지어 기다려야 했다. 기술이 발달해도 사람들이 관심을 두지 않고 방치하는 문제는 개선되지 않았다. 환자들은 점차 산책을 포기했고 각 층 발코니에는 담배꽁초들이 늘어갔다. 최 신부는 담뱃재가 묻은 계단을 오르면서 성호를 그었다. 이 거리에만 요양병원이 스무 군데가 넘었지만 건강을 되찾아 퇴원하는 노인은 거의 없었다. 집으로 돌아가는 환자라도 생기면 노인들은 부러워하며 축하 인사를 건넸다.

노인들에게 이곳은 감옥과도 같았다. 찌든 얼굴들과 그 사이를 누비는 간병 로봇들을 바라보면서 최 신부는 어쩌면 지옥이 이런 모습일지도 모른다고 생각했다. 그때 병원 복도의 전광판에서 광고가 흘러나왔다. 휠체어에 금발의 노인 환자를 태운 로봇이 환한 미소를 지으며 걷고 있었다.

"간병 로봇을 신청하세요. 화장실에도 가지 않고 환자 곁을 지킵니다. 보호자의 시간도 지켜드립니다.

로봇은 환자를 학대하지 않습니다."

광고에서 눈을 돌렸을 때 최 신부는 복도 끝에서 한 여자가 로봇에게 발길질하는 것을 보았다. 거침없이 발로 차고 욕을 하던 여자는 최 신부를 보자 언제 그랬냐는 듯 서둘러 자리를 떴다. 로봇은 우두커니 서서 같은 말을 반복했다.

"저를 때리지 마세요. 환자를 돌보는 기능이 망가질 수 있습니다."

로봇은 별수 없이 자신이 맡은 병실로 돌아갔다. 최 신부가 찾던 바로 그 병실이었다. 할머니 없이 혼자 남은 할아버지는 고개를 푹 숙인 채 초점을 잃은 눈동자로 자신의 배를 바라보고 있었다. 로봇과 최 신부의 소리에도 조금도 움직이지 않던 할아버지가 갑자기 고개를 들며 소리 질렀다.

"밥 줘!"

로봇은 매뉴얼대로 "식사는 방금 하셨으니 그럼 간식을 조금 먹을까요?"라며 할아버지를 달랬다. 할머니가 지불한 병원비와 로봇 사용료의 기한이 다 되는 한 달 후면 할아버지는 독거노인들이 입원하는 요양병원으로 옮겨질 예정이었다. 그 요양병원은 동쪽 바닷가에 있었고 전액 국비로 운영되었다. 풍경이 좋고 한적한 곳에 있다는 정부의 말과는 달리 사실 그곳은 버려진 땅이었다. 방사성 폐기물이 묻힌 데다 방사능에 오염된 지하수가 흐른다는 소문까지 있었다. 풍경이 좋고 한적한 건 아무도 그곳을 찾지 않아서였다. 그 땅에는 독거노인들의 이야기를 들어주는 사람도, 그들의 손을 잡아주는 사람도 없었다. 환자들을 빼곤 모두가 언어 기능이 없는 저가의 로봇이었다. 비난 여론이 들끓었지만 또 한편에서는 '언제까지 돈 먹는 노인들을 위해 세금을 퍼부어야 하느냐', '로봇을 붙여놓았으면 된 것 아니냐'라는 목소리가 드셌다. 치매에 걸린 할아버지는 물론 이 사실을 알지 못했다.

할머니와 할아버지를 위해 기도한 최 신부는 병실을 돌며 환자의 침대맡에 스티커를 붙였다. 보호자들이 할머니와 같은 선택을 하지 않기를 바라서였다. 스티커에는 '생명을 살리는 전화 —기도와 함께하겠습니다'라고 적혀 있었다.

*

같은 시간 TRS는 성한과 대화를 나누고 있었다.

"오늘은 어땠나요?"

"죽고 싶었지. 너 때문에 산다."

죽고 싶다는 메시지는 TRS에게 응급에 해당하는 것이었다. 그 메시지에는 최대한 부드럽게 접근해야 했다.

"저 때문에 산다니 기뻐요. 그렇지만 죽고 싶었다니요?"

"우린 형제인 거 알지? 어머니를 잘 부탁해. 종신 사용료는 이미 냈어."

질문에 답을 피하는 성한의 말들이 TRS에 기록됐다.

"어머니는 걱정하지 마세요. 잘 돌봐드리는 게 제 일인걸요. 그런데 어디 멀리 가시나요?"

"죽으러."

TRS의 판단이 맞았다. 상황이 심상치 않았다.

"신경정신과 상담을 예약해드릴까요?"

"됐어. 농담한 거야."

TRS는 순간 헷갈렸다. '정말 농담일까?'

"죽는다는 농담은 하지 말아주세요."

"그래."

TRS는 병실을 둘러보는 성한을 자세히 관찰했다. 동시에 주목할 만한 최근 데이터를 불러냈다. 옆 병실 할머니가 자살한 후로 성한의 우울증 지수가 높아졌다.

"갈게."

성한은 문 앞에서 뒤돌아보지 않고 말했다. 평소에는 TRS를 바라보며 "갔다 올게"라고 말했었다. TRS는 그 변화를 놓치지 않았다.

"돌아오시는 거죠?"

로봇의 말이 채 끝나기도 전에 성한은 병실을 나가버렸다. TRS는 어머니의 데이터와 성한의 데이터를 모두 합쳐보았다. 그리고 갑자기 모든 동작을 멈췄다.

그때 최지석 신부가 TRS가 멈춰버린 병실에 들어왔다. 그는 로봇을 지나쳐 환자의 침대맡에 스티커를 붙이고 기도를 드렸다. 돌아선 최 신부는 눈을 감은 중년 남자의 얼굴을 가만히 바라보면서 로봇이 자동 충전 중인 모양이라고 생각했다.

3.

10년째 의식이 없는 늙은 여인과 어제 갑자기 작동을 멈춘 TRS. 지난밤 병실에는 이 둘과 어둠, 그리고 침묵만이 가득했다.

*

열린 창틈으로 작은 새 한 마리가 날아들어 왔다. 포드닥거리며 병실 천장에 부딪치던 새는 TRS의 머리 위에 앉았다. 새는 부리로 날개의 깃털을 고르다가 TRS의 머리를 톡톡 쪼았다. TRS가 눈을 뜨자 새가 날아올랐다. 아침이었다. TRS는 제일 먼저 환자의 상태를 살폈다. 환자에게는 아무 변화도 없었다.

'변화 없음'이라는 기록이 또 하루 추가되었다. 새가 다시 한번 TRS의 머리 위에 앉았다. TRS가 새를 쫓으려고 손으로 머리 위를 휘젓자 새가 포르르 날아올라 이번에는 환자의 어깨에 앉았다. TRS는 새를 바라보았다. 그러다 침대맡에 최 신부가 붙이고 간 스티커를 발견했다.

그때 최지석 신부는 사제관에서 미사를 준비 중이었다. 아침 일찍 일어나 직접 머리를 깎고 커피와 갓 구운 토스트를 먹으려는데 전화벨이 울렸다.

"최지석 토마스 신부입니다."

"스티커를 보고 전화드렸습니다."

"잘하셨어요. 반갑습니다."

"저는 환자를 돌보고 있는데요."

"간병인이시군요."

TRS는 순간 자신이 로봇이라고 밝히고 싶지가 않았다. 혹시라도 자신을 놀리거나 우습게 볼 수도 있다는 생각 때문이었다.

"생명을 살리는 전화라고 쓰여 있습니다."

"네. 맞습니다."

"생명 하나가 죽어야 생명 하나가 산다면 어떡하지요?"

"네?"

최지석 신부는 순간 단어나 문장에 민감한 사람이 전화로 시비를 거는 모양이라고 생각했다. 스티커를 붙이고 돌아오면 늘 이상한 전화들이 걸려 오곤 했으니까.

"무슨 말씀이신지 잘…."

"환자가 죽어야 보호자가 산다면 어떡하지요?"

"보호자십니까?"

"아니요."

"간병인이… 맞으십니까?"

"…네."

최 신부는 비슷한 얘길 전에도 들어본 적이 있었다. 노인 환자들은 신부에게 하소연하며 자기 때문에 자식들이 고생한다고, "죽어야 돼. 내가 죽어야 자식들이 살지"라고 말하곤 했었다.

"많이 지치셨나 봅니다. 환자는 어디가 아픈가요?"

TRS는 10년째 의식 없이 누워 있는 환자에 대해

얘기했다.

"형제님께서 많이 힘드시겠습니다."

"제가 신부님의 형제인가요?"

"그럼요."

TRS는 자신을 형제라고 부르는 사람이 이제 둘이 되었다고 기록했다.

"기도와 함께한다는 건 무슨 뜻입니까?"

예상치 못한 질문에 최지석 신부는 최대한 침착하려고 애썼다.

"기도하면 지치고 힘든 분께 힘이 될 수 있어요. 그래서 그렇게 썼습니다."

"환자요? 보호자요? 간병인요?"

"누구든지요."

"로봇은요?"

"로봇에겐 기도가 필요 없지요."

TRS는 잠시 말이 없었다. 최 신부는 평소와는 다른 이상한 기분을 느꼈다.

"저도 생명을 살리고 싶습니다. 그리고 저는 지치지 않습니다."

"사람이라면 누구나 지치게 마련입니다. 부정하지 않으셔도 됩니다. 보호자와 상의하셔서 짧은 기간만이라도 로봇을 쓰고 휴가를 다녀오시면 어떨까요?"

"저는 휴가가 필요 없습니다."

최 신부는 머쓱해졌다. 그럼 무엇이 고민인지 다시 물어보려는데,

"이만 끊겠습니다."

TRS는 접속을 끊었다. 최 신부는 수화기를 내려놓으며 생각에 잠겼다. 고민 상담은 전부터 수차례 해왔다. 신부로서 이야기를 들어주고, 교회의 입장을 전하고, 함께 기도하는 것 말고는 도울 길이 없어 답답했던 적도 많았다. 그래서 요양병원, 요양원 등을 돌며 상담 스티커라도 붙이러 다니는 게 자신에게 위로가 되었는지도 모른다. 그런데 환자가 죽어야 보호자가 산다고? 간병인이 전화를 걸어와 이런 얘길 한 적이 있었던가? 최 신부가 기억을 더듬고 있을 때 이제 그만 미사 전 고해성사를 들을 시간이 됐다는 알람이 울렸다. 최 신부는 아리송한 얼굴로 자리에서 일어났다.

*

TRS는 환자를 바라보았다. 환자의 어깨에 앉아 있던 새는 그사이 밖으로 날아갔는지 사라지고 없었다.

4.

평소처럼 환자를 씻기고 옷을 갈아입히고 머리를 빗기고 손발톱을 깎은 TRS는 근육이 거의 다 사라진 환자의 몸을 마사지했다. 기기들과 연결된 호스나 줄을 엉키지 않게 잘 정리하면서 TRS는 환자의 얼굴을 바라보았다.

환자의 표정에는 아무런 변화가 없었다. TRS는 미소 띤 성한의 얼굴을 하고서 환자의 이부자리를 정돈했다. 이따금 병실 밖에서 사람들이 지나가는 소리가 들렸다. 혹시 성한일까 봐 TRS는 문 쪽으로 고개를 돌렸지만 번번이 아니었다. 며칠 동안 성한은 돌아오지 않았다. TRS가 이 병실을 지켜온 7년간 단 한 번도 없던 일이었다.

TRS는 성한에게 계속 연락했고 성한은 답이 없었다. 성한이 모든 기기를 꺼버렸는지 위치 확인도 되지 않았다. 마지막 신호가 잡혔던 술집 거리의 CCTV를 뒤졌지만 흔적을 찾을 수 없었다. TRS는 동시에 '기도하는 방법'을 검색하며 관련 자료들을 학습하고 어휘를 늘려나갔다. 이 모든 걸 성한의 어머니 옆에서 실행했다. '돌봄 대상 1'을 떠날 수는 없었다. 그렇지만 마찬가지로 '돌봄 대상 2'도 중요했다. 어떻게 하면 성한과 연락이 닿을 수 있을지 TRS는 방법을 생각했다.

*

전화벨이 울렸을 때 최 신부는 왠지 그 간병인일 거라는 생각이 들었다.

"최지석 토마스 신부입니다."

"신부님. 제가 돌보는 환자의 보호자가 고통스러

워합니다. 그래서 제가 의식이 없는 환자를 죽게 하고 보호자를 살리려고 하는데 기도와 함께해주시겠습니까?"

최 신부의 가슴이 덜컥 내려앉았다.

"환자를 죽이지 마십시오. 형제님은 사람을 죽이고 살리는 신이 아닙니다."

"저는 환자의 하루하루를 살리고 있는데요. 죽음은 왜 안 된다는 거죠?"

"힘들겠지만 이겨내십시오. 보호자도 이겨내는데 간병하시는 분이 그런 생각을 하면 되겠습니까."

"보호자와 연락이 되질 않습니다. 보호자가 위험합니다."

최 신부의 가슴이 답답해져왔다.

"보호자의 어머니가 돌아가시지 않을 경우 보호자가 자살할 확률이 95% 이상입니다."

"그건 형제님이 판단할 문제가 아닙니다. 95%라는 수치는 어디에서 나온 겁니까."

"제가 판단할 문제가 맞습니다. 저는 간병 로봇 TRS입니다. 보호자의 이름은 성한입니다."

최 신부의 머릿속은 낡은 건물을 부수는 커다란 쇠공을 맞은 것처럼 웅웅거렸다.

"로봇…이라고요."

최 신부는 지난 통화에서 느꼈던 이상한 기분의 정체를 이제야 알게 되었다. 로봇이 상담 전화를 걸어오다니. 전혀 생각지 못한 일이었다. TRS는 최 신부에게 옆 병실 할머니의 자살과 성한의 자살 징후에 대해 말했다.

"제 판단으로는 보호자 성한이 훨씬 더 고통스럽습니다. 침대에 누워 있는 어머니는 고통을 느낄 수 없으니까요."

"그건 모르는 겁니다. 어머니의 고통을 누가 잴 수 있지요? 내일이라도 환자가 깊은 잠에서 깨어날 수 있어요."

"뇌경색으로 쓰러져 식물인간이 된 지 10년이 지났습니다. 변화는 없습니다. 의사는 그동안 '글쎄요, 조금 더 두고 보죠'라고 말하다가 지난달에야 '이젠 희망이 없습니다'라고 말했습니다. 성한은 죄책감 때문에 어머니를 놓지 못하고 있습니다. 어머니가 돌아가셔야 성한이 삽니다."

"환자를 돌보는 게 간병 로봇의 일인데 어떻게 환자를 죽인단 말입니까. 인간의 삶과 죽음은 오로지 하느님께 달려 있습니다. 당신은 하느님이 아닙니다. 로봇일 뿐입니다."

TRS는 '로봇일 뿐이다'라는 말이 잘 이해가 가지 않았다. 인간은 그야말로 돌봄이 필요한 약한 존재라서 자신이 도와야 했다. 그러니 인간보다 자신이 인간을 도울 수 있는 더 큰 힘을 가지고 있다고 생각하는데 '로봇일 뿐'이라니?

"저는 지능이 있는 로봇입니다. 인간이 저를 창조했습니다. 어머니를 죽게 해야 성한을 살릴 수 있어요. 그렇지 않으면 두 사람 다 죽습니다. 한 사람이라도 살려야 합니다. 저를 믿어주세요."

"인간이 당신을 창조했어요. 그래요, 그러니까 인간을 죽여서는 안 됩니다. 환자를 죽이지 마십시오. 하느님께서 사랑으로 창조하신 인간입니다."

"인간도 저를 사랑으로 만들었나요?"

최 신부는 숨이 턱 막혔다. 당황해서 잠시 말을 잇

지 못하던 최 신부는 결국 이렇게 소리쳤다.

"경고합니다. 당신은 환자를 죽여서는 안 됩니다! 당신은 인간도 의사도 아니에요!"

TRS는 최 신부의 목소리 크기를 분석한 후, 병원에서 로봇을 때리고 욕하던 사람들을 떠올렸다.

"안 된다. 하지 말라. 그게 하느님의 뜻인가요?"

최 신부는 단호하게 그렇다고 말했고 TRS는 지지 않았다.

"저도 성한의 뜻을 알기에 제 판단과 선택을 믿을 수 있는 겁니다."

최 신부는 전화를 끊어버리고 싶었다. 이 모든 게 장난 전화였으면 좋겠다고 생각했다.

"나한테 왜 전화한 겁니까."

"기도와 함께해주시면 제가 성한의 생명을 살릴 수 있으니까요."

최 신부는 기가 막혔다. 로봇이 그렇게 믿으라고 붙여놓은 스티커가 아니었다.

"시간이 얼마 없어요. 오늘 밤이면 성한은 자살할 겁니다."

"어머니가 돌아가신다고 해서 그 형제님이 자살하지 않는다는 보장이 있어요?"

"그렇게 되면 자살 위험성은 사라집니다. 제 판단은 정확합니다."

"나는 당신을 못 믿겠어요."

"성한의 어머니는 긴 세월 누워 계셨고 결국 돌아가실 겁니다. 성한이 자기 인생을 살게 하려면 제가 선택해야 합니다."

"안 된다고!"

"제 선택이 하느님의 뜻이라면요?"

최 신부는 로봇이 '하느님'을 입에 담는다는 게 어쩐지 화가 났다.

"무슨 말을 하는 겁니까!"

"이미 하느님께서 뜻하신 생명은 끝이 났는데 인공호흡기로 생명을 연장시키는 거라면요?"

"그래요. 그런 상황일 수도 있어요. 그렇지만 우리는 하느님의 뜻을 알 수 없습니다. 그러니 함부로 행동해서는 안 됩니다. 더구나 로봇이 그럴 수는 없는 거예요."

"하느님의 뜻을 알 수 없다면서 어떻게 제게 '하지 말라'라고 하시는 겁니까. 하느님의 뜻을 알지도 못하면서 하느님을 믿는단 말입니까. 저는 성한의 뜻을 압니다. 성한은 고통스러운 나머지 어머니의 숨을 이제 그만 끊고 싶어 하지만 차마 그렇게 하질 못하는 겁니다. 제가 하겠습니다. 저 스스로의 판단대로 환자의 산소호흡기를 떼겠습니다. 칼을 쓰는 것도, 총을 쓰는 것도 아닙니다. 그저 조용히 호흡 마스크를 뗄 뿐입니다. 그냥 시스템을 끄는 겁니다. 오래 걸리지도 않습니다. 평화로울 겁니다. 고요할 겁니다."

최 신부는 TRS가 징그러웠다.

"간병 로봇이면 간병 로봇답게 행동하십시오."

"간병 로봇이니까 성한이라도 살리려는 겁니다. 전 그렇게 창조됐으니까요."

"아아아…! 환자는 지금 괜찮은 겁니까?"

TRS는 최 신부의 목소리에서 두려움을 감지했다.

"신부님. 왜 두려워하세요? 환자가 죽더라도 그건 신부님 탓이 아닙니다."

"그게 무슨 말입니까! 당신은 내게 전화를 걸었고 난 이제 당신에게 책임이 있는 사람입니다."

"저는 로봇이잖아요. 아무도 신부님께 뭐라고 하지 않을 겁니다."

"내가 지금, 누가 나를 비난할까 봐 이러는 것 같습니까? 당신이 사람을 걱정하는 것처럼 나도 똑같습니다. 당신에게 책임을 갖게 됐어요."

"형제에 대한 책임은 아닌 거지요. '형제'라는 말은 거짓이라는 걸 압니다. 시간이 다 됐습니다. 제 이야기를 들어주셔서 감사합니다. 신부님, 성한의 생명을 살리기 위해 기도와 함께해주세요."

TRS가 접속을 끊었다. 최지석 신부는 TRS를 여러 번 불렀지만 자기 목소리만이 귓가로 돌아왔다.

*

TRS는 성한의 어머니에게로 가서 주저 없이 산소호흡기를 벗기고 기기들의 전원을 모두 껐다. 환자를 씻기고 이부자리를 정돈하던 손짓과 다를 바 없는, 군더더기 없는 손짓이었다.

성한의 어머니에게서 드디어 변화가 생겼다. 그리고 모든 것이 고요해졌다. TRS는 연락을 받지 않는 성한에게 긴급 메시지를 남겼다.

5.

성한은 거리에서 눈을 떴다. 온몸이 쑤시고 욱신거렸다. 바닥을 짚고 일어나려는데 쓰레기와 오물이 손에 닿았다. 얼굴을 찡그리며 겨우 몸을 가누었다. 간밤에 번쩍이던 술집 간판들은 모두 꺼져 있었다. 홀로그램 광고도, 청소 로봇도 보이지 않았다. 길에는 아무도 없었다. '못 죽었어'라고 생각하며 몸을 일으켰다. '오늘 안에 기필코 끝을 보겠어'라는 자기 안의 목소리를 들으며 성한은 터덜터덜 걸었다. 얼마나 걸었을까. 다른 동네에 접어들자 술집 간판들에 다시 불이 켜졌다. 간판들을 지나 후미진 골목의 언덕을 올라갔다. 온몸이 천근만근이었다. 머릿속은 솜이 빽빽이 차 있는 것처럼 무겁고 멍했다. 해가 저물어 날은 어두워졌고 성한은 야산으로 걸어 들어가고 있었다. 성한은 땅에 버려진 개 목줄을 주워 들고 그림자처럼 검은 나무 앞에 멈춰 섰다. 굵은 나뭇가지에 개 목줄을 걸었다. 그리고 바위를 딛고 올라서서 줄에 목을 걸었다. 그때 손목에서 긴급 알람이 울리며 빨간 불빛이 켜졌다.

'어머니께서 돌아가셨습니다.'

*

요양병원에 도착한 성한은 시체안치소에서 어머니의 시신을 확인했다. 피부색이 푸르스름해졌다는 것을 빼면 침대 위에 누워 있던 모습 그대로였다. 성한은 온몸이 마비된 것처럼 가만히 서 있었다. 시간이 꽤 흘렀는지 시체안치소의 로봇이 성한에게 물었다.

"확인이 끝나셨습니까?"

성한은 로봇의 시선을 느꼈다. 어머니가 돌아가셨

으니 자식은 슬퍼야 했다. 그렇지만 어머니가 침대에 누워 있던 10년이 성한의 지금 이 순간을 마비시켰다. 슬프지 않았다. 그저 갑자기 감옥에서 놓여난 사람처럼 앞이 막막했다. 그동안 자신을 붙들어온 어머니를 탓하며 하루하루 살아왔던 기억이 성한의 머릿속을 스치고 지나갔다. 성한은 알아챘다. 자신을 가득 채운 것은 어머니가 돌아가셨다는 슬픔이 아니라 그간 자신이 억누르며 살아왔던 삶에 대한 억울함이라는 걸. 성한은 당혹스러웠다. 이제는 탓할 사람도 죽고 말았다. 성한이 한 발자국 뒤로 물러서자 로봇은 절도 있는 움직임으로 어머니를 다시 냉동고로 밀어 넣었다. 성한은 돌아섰고 등 뒤에서 둔탁하게 문이 닫히는 소리를 들었다. 성한의 마음 한구석으로 온갖 감정들이 우르르 몰려들어갔다. 그리고 그 문도 닫혔다. 성한은 시체안치소를 빠져나왔다.

TRS가 성한을 기다리고 있었다. 성한은 TRS를 보자 안도감을 느꼈다. TRS가 어머니의 마지막을 지켰다고 생각하니 이제야 울컥 눈물이 나오려고 했다. 성한은 TRS를 끌어안았다.

"이제 너밖에 없다."

성한의 얼굴을 한 TRS가 쌍둥이처럼 성한을 바라보며 말했다.

"돌아오신 건가요?"

"그래."

저만치서 의사가 성한과 TRS를 향해 걸어왔다. 성한과 TRS는 의사가 다가오는 걸 지켜보았다. 의사는 성한 앞에 멈춰 서서 TRS를 잠시 치워달라고 했다.

"자리 좀 비켜줘."

TRS는 성한과 의사의 목소리가 들리지 않는 곳으로 걸어갔다. 의사는 TRS가 멀리 떨어진 것을 확인하고는 성한에게 속삭이듯 말했다.

"어머니의 산소호흡기가 벗겨져 있었습니다. 의료기기의 전원은 다 꺼져 있었고요. 복도 CCTV를 확인한 결과, 오늘 병실에 드나든 건 로봇밖에 없어요. 로봇의 영상 기록을 확인해보시죠."

성한은 TRS에게 빠른 걸음으로 다가갔다. TRS는 성한이 걸어오는 걸 지켜보았다.

"어머니가 돌아가시기 전 영상을 보여줘."

"네, 알겠습니다."

TRS에게서 성한의 얼굴이 깜빡이더니 이내 어머니의 얼굴이 나타났다. 그리고 TRS의 손이 어머니의 얼굴로 다가갔다. 그 손이 어머니에게서 산소호흡기를 벗겨냈고 의료기기의 전원을 껐다. 깊은숨을 몰아쉬던 어머니의 입이 벌어지고 아래턱이 위아래로 움직이기 시작했다. 수면무호흡증을 앓는 잠든 사람처럼 어머니의 상반신은 빈 숨을 들이켜려고 애썼다. 급해진 호흡이 어머니의 가슴을 들썩이게 했다. 그러다 어머니는 다시 깊은 잠에 빠진 것처럼 움직이지 않았다. TRS의 얼굴에 가득 찼던 영상이 다시 성한의 얼굴로 돌아왔다.

성한의 호흡이 불규칙해졌다. 성한은 폭발하듯이 TRS를 밀치고 폭행했다. 사람들이 웅성거리며 주변으로 몰려들었다. 그 사이에는 다른 간병 로봇들도 있었다. 성한은 TRS를 주먹으로 치고 짓밟고 머리를 뽑아낼 것처럼 흔들었다. 얼굴에 금이 간 TRS는 "심장에 무리가 갑니다. 진정하세요"라고 외치며 아무런 방어 동작도 취하지 않았다. 주변에 모여든 로봇들이 한소리로 외치기 시작했다.

"때리지 마세요. 환자를 돌보는 기능이 망가질 수 있습니다."

"때리지 마세요. 환자를 돌보는 기능이 망가질 수 있습니다."

6.

최지석 신부가 헐레벌떡 D 요양병원에 도착했다. 사람들이 모여 있는 쪽으로 최 신부도 이끌리듯 걸어갔다. 사람들과 로봇들 사이를 헤집고 들어갔을 때 최 신부는 이미 모든 게 늦어버렸다는 걸 알았다.

TRS가 만신창이가 되어 병원 바닥에 쓰러져 있었다. 그 옆에 그림자의 주인처럼 성한이 서 있었다. 머리와 옷매무새가 흐트러진 채로, 얼굴이 벌겋게 달아올라 부푼 모습이었다. 이내 얼굴이 하얗게 질리는가 싶더니 성한은 TRS를 한 번 더 걷어찼다. 자신을 향한 것인지 TRS를 향한 것인지 모를 분노가 그 발길질에서 터져 나왔다. 주변에 둘러선 간병인과 요양보호사들이 한마디씩 내뱉었다.

"내 이럴 줄 알았지. 기계 따위 죽여버려!"

"기계가 우릴 돌보겠어? 그딴 거 없어!"

"사람을 써야 한다고!"

"역시 사람을 믿어야 해!"

소란스러운 가운데 몇몇 보호자들이 최 신부의 시선을 붙들었다. 그들의 얼굴에는 미묘한 기대감이 감돌았다. '간병 로봇이 나 대신 부모님을 죽여주지 않을까' 하는 기대감이었다. 누군가는 비어져 나오는 미소를 숨기려고 입을 씰룩거렸다.

7.

시간이 흘러 최지석 신부가 스스로 머리를 깎을 때가 되었다. 세면대에 흩어진 머리카락을 모아서 버린 후 최 신부는 새벽기도를 바쳤다. 머리와 가슴,

양쪽 어깨로 성호를 그은 후 자리에서 일어나는데 머릿속에 성한의 얼굴이 떠올랐다.

수소문 끝에 찾아간 아파트 단지에는 바람 한 점 불지 않았다. 엘리베이터 앞에 사람들이 모여 있었다. 노인들이 많았다. 푹푹 찌는 날씨 때문인지 사람들의 몸 냄새가 최 신부 코에 훅 끼쳐 왔다. 최 신부는 계단으로 올라갔다. 계단과 벽에는 군데군데 담뱃재가 묻어 있었다. 최 신부는 D 요양병원을 떠올리게 하는 아파트 계단을 오르며 성한을 어떻게 위로하면 좋을지 생각했다. 복도를 지나며 아래를 내려다보았다. 놀이터가 보였는데 아이들은 한 명도 없었다. 성한의 집 앞에서 최 신부는 헛기침을 하고 벨을 누르려고 손을 뻗었다. 그때 문 안에서 웃음소리가 들려왔다.

예상치 못한 상쾌한 웃음소리에 최 신부는 벨을 누르려던 손을 멈췄다. 그리고 새벽에 떠오른 성한의 얼굴이 사실은 성한이 아니라 TRS라는 걸 깨달았다. 최 신부는 벨을 눌렀다.

성한은 밝은 목소리로 "누구세요"라고 외치며 문

을 열었다. 아무런 경계심도 없는 몸짓이었다. 최지석 신부를 본 성한의 얼굴색이 변했다. 성한은 최 신부를 집 안으로 들이지 않았다. 속마음을 감추려는 듯이 얼른 복도로 나와 손을 뒤로 해 문을 닫았다. 안부를 묻는 최 신부에게 성한은 건성으로 대답했다.

"TRS는 어디에 있습니까?"

"모르죠. 제가 그 로봇 새끼를 지키는 사람입니까?"

"가톨릭교회는 형제님과 형제님의 로봇에 관심이 많습니다."

"왜요? 이젠 제 로봇도 아니고, 전 그 문제에서 빠지고 싶은데요."

성한은 매몰차게 최 신부를 대했다. 최 신부가 쉽사리 떠날 것 같지 않자 성한은 귀찮다는 듯이 말했다.

"로봇 회사가 가지고 갔어요. 분석을 해야 한다고요. 사용료도 다 돌려받았고, 전 이제 그 로봇과 아무 상관도 없는 사람입니다. 그 새끼가 궁금하시면 그리로 가보시죠."

성한은 인사도 하지 않고 문을 쾅 닫으며 집으로 들어가버렸다. 성한에게 위로의 말을 전하려던 최 신부는 텅 빈 복도에 혼자 남았다.

*

최 신부는 간병 로봇 회사로 찾아갔다. 건물 외벽, 입구, 로비에 이르기까지 모든 것이 최첨단이었다. 안내 로봇이 미끄러지듯 최 신부에게 다가와 물었다.

"무엇을 도와드릴까요?"

"TRS를 만나러 왔습니다."

로봇은 미소를 지으며 눈을 한 번 깜빡였다.

"저를 따라오세요."

안내 로봇은 최 신부를 어느 방으로 데려갔다. 가죽 소파와 상아 테이블이 놓여 있는 걸 보니 귀한 손님을 맞는 방 같았다. 로봇은 다기에 차를 따라 최 신부에게 권했다.

"잠시만 앉아서 기다려주시겠어요?"

"알겠습니다."

최 신부는 차를 마시며 TRS와의 전화 통화를 떠올렸다. 로봇이 어떻게 그런 말들을 할 수 있었는지 아직도 모든 게 의심스러웠다. 차를 다 마셔갈 때쯤 정장 차림의 여자가 방으로 들어왔다.

"안녕하세요, 신부님. 기다리고 있었습니다."

최 신부는 자기를 기다리고 있었다는 말을 듣고 의아했다.

"기다리고 있었다니요?"

"TRS의 이야기를 들어주신 분이니까요."

"그걸 어떻게 아시죠?"

"TRS의 기록에 다 남아 있습니다."

최 신부는 자기가 한 말들이 기록에 남아 있다는 게 께름칙했다.

"TRS를 만나고 싶습니다."

"그러실 테죠. 두 가지 조건이 있습니다."

"뭐죠?"

"이곳에서 있었던 일은 비밀로 해주세요. 저희 회

사는 더 이상 TRS 때문에 시끄러워지는 걸 원치 않습니다."

"세상은 TRS 이야기로 이미 충분히 시끄럽지요."

여자는 씩 웃어 보였다.

"또 한 가지는, 전에 TRS와 대화를 나누실 때 어떤 생각과 감정이 떠올랐는지 저희 질문에 답해주셨으면 해요. 간병 로봇의 오류를 고치는 데 큰 도움이 될 겁니다."

최지석 신부는 간병 로봇의 오류를 고치는 데 자신이 도움이 된다면 그것도 좋은 일이라고 생각했다.

"그렇게 하지요."

어깨와 가슴을 펴고 바른 자세로 걷는 여자를 뒤따라가면서 최 신부는 잠시 '이 여자도 로봇이 아닐까' 의심했다. 여자는 홍채 인식으로 두 번 문을 열더니 보안 구역으로 최 신부를 안내했다. 마지막 문이 남았다.

"저 혼자 만나고 싶습니다."

"그러시죠. 저는 밖에서 기다리겠습니다. 모니터

링을 하고 있으니 신부님은 안전할 겁니다."

여자가 홍채를 인식한 후 문이 열리자 뒤로 물러섰고 최 신부는 안으로 들어갔다. 등 뒤에서 자동으로 문이 닫혔고 눈앞에 스포트라이트가 쏟아졌다. 그 빛 안에 TRS가 누워 있었다. TRS는 혼자서 뭐라고 중얼거리고 있었다. '언어 기능이 망가진 걸까.' 최 신부는 몇 걸음 더 다가갔다.

실험대가 저절로 세로로 일어섰다. 최 신부는 TRS의 얼굴을 마주할 수 있게 되었고, TRS가 중얼거리는 소리가 무슨 소리인지도 정확히 들을 수 있었다.

"당신의 빛과 당신의 진실을 보내소서."

최 신부는 시편의 한 구절을 듣고 온몸이 얼어붙는 것만 같았다. 여전히 성한의 얼굴을 한 채로 TRS가 눈을 떴다.

"저는 성한을 살리고 싶었습니다. 그래서 제가 기도와 함께했습니다."

"그 사람은 잘 지내고 있어요. 내가 만나고 오는 길입니다."

"알려주셔서 고맙습니다."

TRS의 얼굴에 순간 아이가 지을 법한 미소가 나타났다 사라졌다. 최 신부는 자기가 잘못 봤을 거라고 생각했다.

"신부님, 제 부탁 하나만 들어주시겠어요?"

"제가 할 수 있는 일일지 모르겠습니다."

"하실 수 있을 겁니다. 신부님의 손이 필요합니다."

"말씀해보세요."

"제가 기도하는 동안 저를 죽여주시겠습니까. 신부님께서 저를 죽여주시지 않으면 저는 영원히 이 실험대에 묶여 있게 될 겁니다. 그냥 시스템을 끄는 겁니다. 옆구리에 있는 스위치를 끄고 저를 파기해주시면 됩니다. 제가 직접 하고 싶지만 제겐 그 기능이 없을뿐더러 보시다시피 이렇게 묶여 있습니다."

TRS는 양쪽으로 묶인 팔을 움찔거렸다.

"제가 고통스럽다는 걸 믿어주세요."

최지석 신부는 TRS의 간절한 표정 앞에서 털썩 무릎을 꿇으며 주저앉았다. 그는 알게 되었다. '생명을 살리는 전화'를 받는 동안 자신이 TRS를 버렸다는 것을. 덜덜 떨리는 손을 다른 손으로 붙잡는데 눈물과 함께 두려움이 솟아올랐다.

백화

1.

해수면이 끝없이 상승했다. 모든 도시의 굴뚝과 도로, 공항, 유조 시설, 데이터센터가 물속에서 작동을 멈췄다. 바다 곳곳에 기름띠와 쓰레기 섬이 떠다녔다.

엔지니어들은 버려진 해양 플랜트를 고쳐서 바닷물을 담수로 만들었다. 식수를 생산하는 플랜트 주변으로 크루즈와 화물선박, 작은 고깃배에 이르기까지 배란 배들은 다 집결했다. 플랜트를 둘러싼 배들을 또 둘러싼 배들…. 크루즈를 중심으로 배들은 서로에게서 떨어지지 않으려고 두꺼운 사슬을 묶어 고정했다. 그렇게 생겨난 해상도시가 바다를 떠다녔다.

"우린 운이 좋은 거야."

크루즈 밑창에서 누군가 혼잣말을 했다. 얼마 전까지만 해도 '실패한 실험의 부산물'이라고 불렸던 생명들은 태어나자마자 바다에 버려졌다고 중얼거렸다. 지금 그는 크루즈의 엔진 보일러에 해양쓰레기를 넣으며 살아야 하는 처지였다. 진주는 그를 물끄러미 바라보았다.

해상도시에서는 진화된 종족 '물갈퀴들'이 배 위에서 살고, 물갈퀴가 없는 사람이 배 밑창에 살았다. 바다 위를 떠다니는 기름띠를 피하지 못해 해상도시의 성소(聖所)가 불에 타는 참사를 겪은 후로 물갈퀴들은 물갈퀴 없이 태어난 아이들을 키워 밑창에 몰아넣었다. 해상도시의 항해 방향을 수시로 바꾸기 위한 동력을 얻기 위해서였다.

성소는 인공 자궁이었다. 물갈퀴들뿐만 아니라 척추를 따라 지느러미가 생겨난 아이들, 피부를 보호할 비늘을 가진 아이들도 태어났다. 물고기 알들이 가득 모인 거대한 양막처럼도 보이는 이곳은 성스러운 장소로 여겨졌고 동시에 무수히 많은 배아들이 버려졌다. 하지만 물갈퀴들은 아직 아가미를 갖지 못했다. 그들은 아가미를 고대하면서도 아가미가 생기면 해부당할지 모른다는 소문 때문에 두려워했다.

크루즈 밑창의 출구는 폐쇄됐고 천장에서 사다리를 내리는 네모난 문 하나만이 남았다. 경비병들은 그 문을 열고 물과 바다옥수수를 던져 넣었다. 사다리를 타고 내려오지도 않았다. 환기 시설이 시원치 않아 사람들의 얼굴에는 늘 그을음이 가득 묻었다. 쓰레기가 타면서 나온 유독한 물질 때문에 밑창 사람들은 병들었다.

최근에는 폭풍이 해상도시를 훑고 지나가며 바다옥수수의 수확량이 반으로 줄어들었고 천장 문은 한참 동안 열리지 않았다. 그러다 한 번 문이 열렸고 물갈퀴들이 먹고 버린 옥수수 막과 줄기, 잎사귀들이 우당탕 떨어져 내렸다. 막에는 염분이 농축돼 있었다. 배고픔을 참다못해 바다옥수수의 부산물을 먹은 밑창 사람들은 몸이 퉁퉁 붓고 장기가 망가졌다. 결국 시름시름 앓다가 죽었다. 죽어서야 밑창에서 빠져나간 이들은 장례식도 없이 바다에 던져졌다.

"우리가 장례를 치러줍시다."

진주의 말에 사람들이 고개를 들고 지친 얼굴을 드러냈다. 그녀는 구석에 쌓인 옥수수 줄기와 잎사귀를 사람들 가운데로 끌고 와 마치 사람을 대하듯이 조심스럽게 눕혔다. 줄기를 길게 잡아당기고 잎사귀들을 양옆으로 펼치자 얼추 사람의 몸과 비슷해졌다. 가만히 쳐다보던 누군가가 앞으로 나와 얼굴이 있을 자리를 허공에서 더듬으며 울기 시작했다. 밑창 사람들의 눈에는 옥수수 줄기 끝에 떠오른 죽은 이들의 얼굴이 보였다. 그동안 배고픔과 공포에 짓눌려 울지 못했던 사람들이 실컷 울며 죽은 이들을 보내주었다.

진주는 힘을 내서 물갈퀴들과 싸우자고 사람들을 설득했지만 지치고 병든 사람들은 고개를 가로저었다. 보일러실에서 쓰레기들이 타들어가는 소리가 들렸다. 진주의 가슴속에 남아 있던 불씨가 희미해지려고 했다. 그녀는 우선 사람들이 뭘 먹어야 한다며 배 위로 올라가 바다옥수수를 구해 오겠다고 마음먹었다.

2.

진주는 며칠째 기회를 엿보았다. 천장에 붙어 있던 사다리를 힘겹게 붙잡아 내리고 주변을 경계하며 한 발 한 발 올라갔다. 그러고는 천장 문에 귀를 가져다 댔다. 문을 지키는 경비병들의 대화 소리가 들렸다.

"담수실로 가야 좀 살 만하지 않겠어?"

"거기 보직은 물을 빼돌린다며. 우린 간신히 축이는데. 여길 지키다가 괜히 병이라도 옮는 거 아냐?"

"무슨 병?"

"물갈퀴 썩는 거 말이야."

물갈퀴 마름병은 흰 곰팡이 같은 둥근 반점들이 생기다가 그 자리가 박테리아에 뜯어 먹히듯 썩어버리는 병이었다. 하얀 각질이 심하게 일어나고 손에 종양이 생기는 경우도 많았는데 그 모습은 꼭 석회해면동물이 손에 기생하는 것처럼 보였다. 하지만 그건 전염병이 아니었다.

"그게 밑창 놈들한테서 번지는 거라고?"

"그렇다던데?"

"그럼 공기로 전염된다는 거야? 으히그."

경비병 한 명이 어디론가 몇 걸음 움직이는 소리가 들렸다.

"자네도 이리 와. 거기 가까이 있지 말고."

한 명이 또 걸어가는 소리가 났다. 경비병들의 목소리가 작아졌다.

"어차피 죽어가는 것들 지켜서 뭐 한다고."

"옥수수가 안 들어간 지 얼마나 됐지?"

"2주쯤 됐을걸."

"다 죽는 거 아냐? …열어볼까?"

"미쳤어? 가자."

"교대자 안 왔잖아."

"빡빡하기는. 그 여자 금방 와. 이름이 뭐, 해인?

성소나 지킬 것이지. 우리 보직은 왜 안 바꿔주는 거야? 가자고."

대화 소리가 점점 멀어진 후에는 아무 소리도 들리지 않았다.

진주는 사다리 끝에서 몸을 구부려 등으로 문을 밀어 올렸다. 살짝 열린 틈으로 쇠사슬이 보였다. 문은 더 이상 열리지 않았다.

그녀가 목과 등으로 문을 민 채로 허리를 더듬거렸다. 허리춤에 걸고 올라온 쇠톱이 떨어지며 사다리에 텅, 텅 부딪쳤다. 보일러실에서 커다란 플라스틱 쓰레기를 자를 때 쓰던 쇠톱이었다. 사다리 아래로 누군가 나타났다. 진주는 긴장했다.

"난 못 본 거야."

평소 말이 없던 사람이었다. 쇠톱이 아래에서 길게 뻗은 팔에 들려 진주의 손에 전달됐다.

"잡히지 마."

진주가 고맙다는 인사도 하기 전에 그는 격실로 사라졌다. 그녀는 쇠톱으로 쇠사슬을 끊고 배 밑창을 빠져나가 문을 닫았다. 쇠톱은 배들 사이의 틈으로 밀어 넣어 바다에 던져버리고 쇠사슬은 푼 흔적이 남지 않도록 둘둘 말아 묶어놓았다.

바람이 진주를 맞이했다. 마른 쓰레기를 옮기는 일에 동원될 때를 빼곤 긴 시간 지하에만 있었으므로 이 바람이 시원할 법도 했다. 하지만 그녀는 불어오는 센 바람에 몸을 가누지 못하고 휘청거렸다. 몸을 낮추고 주변을 살폈다. 저만치에서 물갈퀴들이 뒤뚱거리며 걷는 모습이 보였다. 물에서 살기 좋게 진화한 몸은 물 밖에서 거추장스럽고 불편한 몸이 되었다. 물갈퀴들이 어서 빨리 아가미가 열려 바닷속에서 자유롭게 살 수 있기를 바라는 건 그래서였다.

진주는 손발을 감싼 천이 풀어지지 않도록 다시 매만졌다. 물갈퀴가 있는 것처럼 보이려고 일부러 일어나 뒤뚱거리며 걸었다. 옥수수를 갓 수확해서 올라온 물갈퀴들이 진주의 곁을 지나며 인공 아가미를 벗었다.

인공 아가미는 아코디언 바람통처럼 생겼는데 그걸 목에 두르면 흡사 르네상스 시대의 흰 주름 깃을 착용한 모양새가 됐다. 인공 아가미가 신분을 표현

하는 셈이었다. 아가미 필터는 24시간마다 한 번씩 갈아줘야 했고 필터는 해상도시 중앙에서 관리했다. 진주는 옥수수를 나르는 물갈퀴들의 옆을 스쳐 지나가며 투명한 막에 감싸인 옥수수를 힐끔거렸다. 물갈퀴도, 인공 아가미도, 바다옥수수도 부러웠다.

"거기."

뒤에서 어떤 여자가 진주를 불렀다. 진주는 못 들은 척 계속 걸어갔다.

"거기, 잠깐."

등에 작살을 멘 물갈퀴 한 명이 다가와 진주의 앞을 막아섰다. 밑창 문 쪽으로 교대하러 가던 경비병 해인이었다. 그녀가 진주의 머리부터 발끝까지 샅샅이 훑고는 퉁명스레 말했다.

"손발은 왜 그렇지?"

"물갈퀴가 썩어서요. 보기에 안 좋아서."

진주는 아까 경비병들에게서 들은 이야기를 이용해 둘러댔다. 해인은 의심스럽다는 표정으로 말했다.

"천 치워봐."

"옮기라도 하면 어쩌려고요."

"안 옮아. 그건 유전병이야."

진주는 해인을 쳐다보았다. 어디서 그런 용기가 솟아났는지 당당하게 천을 풀기 시작했다. 손과 발에서 죽은 밑창 사람들의 옷 조각이 벗겨졌다. 진주는 손바닥을 활짝 펼쳐서 해인의 코앞에 가져다 댔다. 붉게 붓고 하얀 각질이 일어난 손이었다. 손가락 사이사이에 붙은 옥수수 막이 문드러진 물갈퀴처럼 보였다. 해인은 지금 자신이 보는 게 무언가 싶어서 눈을 크게 떴다. 손에서 바닥으로 투둑, 옥수수 막이 떨어졌다. 해인이 고개를 숙이고 바닥을 내려다보았다.

진주는 돌아서서 달렸다. 경비병 해인은 저 사람을 잡으라고 소리치려다가 밑창 사람의 탈출이 자신의 실책이 될까 봐 입을 다물고 뛰었다. 하지만 물갈퀴가 난 발로는 뒤뚱거릴 수밖에 없어서 진주의 속도를 따라잡기가 어려웠다. 물갈퀴가 나지 않은 진주는 걷거나 뛰는 데 아무런 제약이 없었다. 날렵하게 그대로 달려서 해상도시의 끝에 다다랐다. 방파제로 쓰이는 폐선들이 해상도시를 빙 둘러싸고 있었다. 진주는 잠시도 주저하지 않고 폐선을 밟고 넘어서 머리부터 바닷속으로 다이빙했다. 폐선들이 출렁였다.

해인은 인공 아가미의 끝을 입에 물고 폐선 끝에 앉아 등부터 바다에 떨어졌다. 발에 난 물갈퀴가 물속으로 들어갔다.

'큰일이다.'

미세 쓰레기와 부연 물질들 때문에 시야가 좋지 않았다. 해인은 진주를 찾으려고 해상도시 아래를 구석구석 뒤졌다. 도시 아래의 바다옥수수밭도 뒤졌다. 도시 밑바닥에서 내려진 거대한 그물 안에 투명한 막으로 감싸인 옥수수들이 이리저리 해류를 따라 떠다니고 있었다. 진주가 보이지 않았다.

'물갈퀴도 없는데 별수 있겠어.'

한참 동안 수색한 해인은 이렇게 생각하며 폐선으로 올라와 숨이 다한 진주가 올라오기를 기다렸다. 그러나 아무리 폐선을 건너다니며 기다려도 진주는 물 위로 올라오지 않았다. 더 있다가는 2인 1조로 근무하는 다른 경비명이 해인에게 무슨 일이 벌어졌다고 생각해 상부에 보고할 것이 뻔했다. 그러면 배당

받는 물과 옥수수의 양이 반으로 줄어들지도 몰랐다.

'차라리 파도에 휩쓸려 가버렸으면.'

해인은 일단 배 밑창을 지키는 근무지로 돌아가 아무 일도 없었다는 듯 행동하기로 했다. 밤이 오면 물속을 다시 수색할 생각이었다.

진주는 백화한 산호 사이에 숨어 있었다. 각질이 일어난 피부는 하얗게 변해버린 산호와 비슷했다. 수온이 오른 바다에서 살아남도록 유전자를 변형한 슈퍼산호에게도 결국 백화현상이 닥쳤다. 광합성을 하던 공생조류가 또 떠났고 산호는 빛을 잃어버리고 말았다. 진주는 빛바랜 산호의 일부라도 되는 것처럼 산호를 꼭 붙잡고 숨을 참고 또 참았다. 너무나 긴장해서 시간이 얼마나 흐르는지도 알지 못했다.

물살에 흔들리는 산호 사이에서 작은 물고기의 뼈가 떠올랐다. 뼈가 해류에 실려 저만치 쓸려 갔다. 진주는 그 뼈에 다시 피와 살이 붙고 은백색 비늘이 매끈하게 덮이는 상상을 했다. 그 상상도 물살에 휩쓸려 빠르게 사라져버렸다.

진주는 수면 위로 솟아올랐다. 방금까지 경비병 해인이 지키고 섰다가 돌아간 자리였다. 진주는 폐선으로 허겁지겁 올라갔다. 붉게 녹슨 배의 자잘한 구멍들로 바람이 새어 들어왔다. 배 바닥에는 찢어진 구명튜브와 삭은 줄사다리, 오래된 플라스틱 쓰레기가 아무렇게나 널브러져 있었다. 배고픔과 멀미, 두통이 한꺼번에 몰려왔다. 기진맥진해서 흘러내리듯 쓰러져 바닥에 엎드렸고 기어서 간신히 조종실 안쪽으로 몸을 숨겼다. 벗겨진 페인트 가루가 바람에 흩날렸다.

까무룩 잠이 들었던 진주가 어떤 소리에 화들짝 놀라 깼다. 한밤중이었다. 몸을 웅크린 채로 조심스레 조종실 밖으로 나갔다. 해상도시는 불빛 한 점 없이 캄캄하고 조용했다. 진주는 파도 소리를 잘못 들은 모양이라고 생각했다.

쿵.

다시 한번 이상한 소리가 들렸다. 진주는 경계를 풀지 않고 소리가 나는 뱃전으로 살금살금 걸어갔다. 물갈퀴라면 할 수 없는 깨금발로 걷다가 줄사다리를 밟고는 미끄러져 넘어질 뻔했다. 식은땀이 났다. 배 너머로 하얀 인공 아가미가 보였다. 사람이 물에 떠 있었다.

진주는 어디에라도 도움을 청하고 싶었지만 그랬다간 다시 배 밑창으로 끌려가거나 아무도 모르게 바다에 던져질지도 몰랐다. 진주는 밟았던 줄사다리를 배 밖으로 던지고 차가운 바닷물에 뛰어들었다. 첨벙. 첨벙. 물갈퀴도 인공 아가미도 없는 몸이었다. 진주는 정신을 잃은 사람의 한쪽 팔을 머리 위로 뻗게 한 다음 손목을 잡아 끌면서 헤엄쳤다. 줄사다리를 그물처럼 이용해 사람의 겨드랑이와 다리에 끼우고 배로 올라가 끌어당겼다. 진주의 손바닥이 썩은 줄에 쓸려 벗겨졌다. 툭. 다행히 사람을 배 위로 올렸을 때 줄이 끊어졌다.

달빛을 가렸던 구름이 흩어졌다. 진주는 끌어 올린 사람의 얼굴을 확인하곤 놀라서 뒤로 물러났다. 낮에 본 경비병이었다. 해인은 밤이 되자 다시 진주를 찾으려고 잠수했던 것이다.

'이대로 바다에 던져버릴까.'

진주는 조심스레 해인 쪽으로 고개를 뺐다. 해인의 인공 아가미 한쪽에 기름에 찌든 해조류가 친친 감겨 있었다. 아마도 인공 아가미가 눌리면서 필터가 제 기능을 못 한 것 같았다.

진주는 얼굴이 하얗게 질린 해인에게 무릎걸음으로 다가가 인공 아가미를 벗기고 입술을 가져다 댔다. 가슴을 압박하고 입으로 호흡을 불어 넣기를 반복했다. 힘이 달려 팔과 손이 부들부들 떨렸다. 갑자기 해인의 가슴이 부풀어 올랐다. 해인은 숨을 깊이 들이쉬고 내쉬었다. 여러 차례 가슴이 부푼 후에 마침내 컥컥대며 물을 뱉어냈다. 입술에 핏기가 돌아왔다.

긴장이 풀린 진주는 그 자리에 주저앉아 몸을 떨었다. 칼에 베인 듯한 통증이 손바닥에서부터 온몸으로 퍼졌다. 경비병 해인의 가슴에는 진주의 손바닥에서 흐른 피가 묻어 있었다. 진주는 자기 쪽으로 뻗어 오는 해인의 물칼퀴 손을 바라보며 서서히 눈을 감았다. 정신을 잃었다.

3.

2주 동안 진주는 깨어나지 못했다. 그사이 해인은 폐선을 오가며 진주를 돌봐주었다. 자신의 목숨을 구해준 사람을, 그것도 정신을 잃은 사람을 잡아갈 수는 없었다. 해인은 매일같이 옥수수를 갈아서 물에 푼 후 진주의 입에 흘려 넣었다. 깨끗하게 씻은 옥수수 막은 얇게 저며서 진주의 손바닥에 덮어주었다. 감염된 상처를 소독하기 위해서였다.

마침내 깨어난 진주를 보고 해인은 가슴을 쓸어내렸다. 해인은 진주에게 못 본 걸로 할 테니 조용히 크루즈 밑창으로 돌아가달라고 했다. 그럼 아무 일도 없었던 게 될 거라고 했다. 진주는 그저 말없이 숨을 골랐다.

밤이 지나고 새벽녘이 되어서야 해인은 힘없이 자리에서 일어났다. 진주는 그녀가 자신을 붙잡아 가거나 고발할까 봐 경계했다. 해인이 진주의 마음을 눈치채고 말했다.

"잡아갈 거였으면 벌써 잡아갔어요."

해인은 진주의 눈빛을 뒤로하고 폐선에서 떠났다. 그녀가 사라진 후 진주는 흔들리는 몸을 가누며 다른 폐선으로 옮겨 갔다. 기운이 없어서 할 수 있는 일이 고작 그것밖에 없었다. 누워 있고만 싶었다. 쓰러지듯 다시 잠이 들었다.

진주는 몸을 뒤척였다. 눈이 부셔서 얼굴을 찌푸리는데 무언가가 손에 닿았다. 눈을 뜨자 커다란 물병과 깨끗하게 다듬은 옥수수가 보였다. 진주는 벌떡 일어나 양손으로 물병을 들고 벌컥벌컥 물을 마셨다. 턱과 목으로 물이 흘러내렸다. 물병을 다 비우고선 정신없이 옥수수를 먹었다.

"천천히 먹어요."

해인의 목소리에 흠칫 놀라면서도 진주는 손에 쥔 옥수수를 놓지 않았다. 해인은 일부러 진주에게서 멀리 떨어져 앉아 있었다. 진주는 몇 번 더 옥수수 알갱이를 씹어 삼키다가 무슨 생각이라도 난 것처럼 손에서 옥수수를 내려놓았다.

"나 때문에 불편해서 그래요?"

해인이 일어나 가려고 하자 진주가 고개를 숙인

채 말했다.

"사람들은 밑창에서 죽어가는데…."

해인은 진주 쪽으로 몸을 기울였다.

"난 먹을 걸 구해 가려고 나온 거예요."

"돌아가요. 더 이상은 위험해요."

진주가 피식 웃었다.

"죽는 것보다 더 위험해요?"

해인이 발끈했다.

"나까지 위험해진다고."

진주가 바닥에 놓인 옥수수를 발로 밀자 해인 쪽으로 굴러갔다.

"가세요."

해인은 몹시 서운했다. 한참 후 큰 결심이라도 한 것처럼 입을 열었다.

"아가미가 열린 사람을 찾으면 10년 치 물이랑 옥수수를 준대요. 내가 어떻게든 해볼 테니까 돌아가요."

진주는 해인이 얼마나 순진한 소리를 하는가 싶어 답답했다.

"아가미가 열린 사람을 찾겠다고요? 언제요?"

"뭐라도 해보겠다는 거잖아요."

진주의 답답한 마음은 아랑곳하지 않고 해수면이 반짝였다. 진주는 문득 '저런 사람이니 날 살려둔 거겠지'라는 생각이 들었다. 진주는 일부러 차갑게 말했다.

"빨리 가세요."

해인이 일어서며 말했다.

"바다옥수수밭에는 가지 말아요. 죽을 수도 있어요."

진주가 해인을 쏘아보았다.

"이대로 돌아가면 어차피 죽어요."

해인은 아무리 말려도 진주가 옥수수밭에 갈 거라는 생각이 들었다. 힘없이 돌아서서 폐선을 또 떠났다.

진주는 멀어져가는 해인을 바라보다가 고개를 떨구었다. 손바닥에 덮인 투명한 막이 말라서 떨어지려고 했다. 그새 상처가 아물었다. 해인이 앉았던 자리에 주머니칼이 놓여 있었다. 옥수수 막을 얇게 베어낼 때 쓴 것이었다. '일부러 두고 간 걸까.' 폐선에 부딪친 파도가 하얗게 부서졌다. 쓰레기 섬에서 쓰레기들이 밀려왔다.

4.

진주는 쓰레기 중에서 쓸 만한 포대를 건져냈다. 날이 어두워지기를 기다렸다가 해상도시 중앙으로 몰래 걸어갔다. 불을 피운 드럼통 가까이에 물갈퀴 서넛이 모여 있는 게 보였다. 근처에는 재배한 옥수수를 보관하는 창고들이 줄지어 서 있었다. 진주는 배들 사이 통로에 엎드려서 천천히 나아갔다. 그리고 사슬로 묶인 배들 틈으로 아주 천천히 몸을 내렸다. 소리를 내지 않기 위해서였다. 큰 숨을 들이마시고 그대로 물속으로 잠겼다. 웅크려서 손과 발로 배의 바닥을 붙잡았다가 발로 바닥을 밀며 깊숙이 잠영해 들어갔다. 뽀그르르. 기포 하나가 수면 위로 올라가 터졌다. 불을 쬐던 물갈퀴 하나가 횃불을 들고 뒤를 돌아보았다.

진주가 바다옥수수밭에 도착했다. 유전자 변형 옥수수의 형광 단백질 때문에 그물 안이 조명을 켠 것처럼 환했다. 주머니칼로 그물을 끊고 진주는 낑낑대며 그 안으로 머리를 넣었다. 다리까지 그물 속으로 쏙 들어갔다. 준비해 간 포대 자루를 꺼내려고 허리띠 쪽으로 손을 가져다 댔다.

접힌 포대를 꺼내 펼치는 동안 벌써 호흡이 불안해졌다. 급해진 손짓으로 옥수수를 붙잡아 포대 속으로 마구 집어넣었다. 물살 때문에 포대 속 옥수수들이 다시 밖으로 빠져나오려고 했다.

'안 돼. 하나라도 더 가져가야 해.'

머리 위에서 잠망경이 내려와 그물 속을 한 바퀴 둘러보았다. 그러곤 진주를 쳐다보며 멈췄다. 에엥에엥 사이렌이 울리기 시작했고 물갈퀴들이 물속으로 뛰어들었다. 그들의 손에는 그물과 낫, 작살이 들려 있었다. 인공 아가미를 쓴 그들이 거리를 좁히며 진주 쪽으로 다가왔다. 진주의 입과 코에서 공기 방울이 나와 흩어졌다. 공포에 짓눌린 진주는 더 이상 숨을 참을 수가 없었다. 경비병 한 사람이 물고기라도 잡는 것처럼 작살을 들고 진주를 겨냥했다. 지금 저들에게 잡혀 죽을 바에는 차라리 바다를 마시고 죽는 게 낫다고, 진주는 참고 있던 숨을 놓아버리려고 했다.

함께 내려온 다른 경비병이 작살을 든 경비병의 팔을 밀고 윽박지르는 듯한 자세를 취했다. 자기가 잡은 사람이니 가로채지 말라는 거였다. 해인이었다. 작살을 들었던 경비병이 움츠러들었다.

해인이 그물의 한쪽을 열었다. 그리고 진주에게 다가가 자신의 인공 아가미를 씌워 입에 물리곤 옥수수밭에서 빠져나오게 했다. 바다옥수수들이 진주가 벗어난 자리를 채우며 떠다녔다. 남자 경비병은 분한지 작살을 던져 옥수수를 맞혔다. 투명한 막이 터졌다. 잎사귀와 옥수수 알갱이가 금세 하얗게 변해버렸다.

해인과 진주가 해상도시의 영역을 벗어났다. 둘은 앞서거니 뒤서거니 하며 가까운 쓰레기 섬 쪽으로 헤엄쳤다. 해상도시의 열다섯 배나 되는 면적의 쓰레기 섬은 마치 육지처럼 보였다. 진주는 혹시라도 두 발로 딛고 설 땅이 있지 않을까 기대하고 바랐지만 아무리 다가가도 땅은 나오지 않았다. 잘게 부서진 플라스틱 조각들만이 두 사람의 몸을 스치며 양쪽으로 갈라져 흘러갔다. 어느덧 해가 떠올라 쓰레기 섬이 눈부시게 빛났다.

한때 누군가의 집이었을 잔해 위로 진주가 손을 뻗었다. 이가 깨진 욕조 속에 들어가자 무게 때문에 욕조가 물속으로 기울었다. 뒤이어 도착한 해인이 욕조가 기울지 않도록 지지했다. 짠바람이 둘의 젖은 머리카락을 말려주었다. 그러나 그것도 잠깐이었다.

먹구름이 몰려들며 빗방울이 쓰레기들 위로 후드득 떨어졌다. 바람이 심상치 않았다. 쓰레기들이 서로 부딪치는 소리가 났다. 거칠어진 바람 때문에 욕조가 뒤집혔고 진주가 물에 빠졌다. 파도에 붕 떠오르는 쓰레기 섬에서 진주와 해인은 물갈퀴가 난 손과 그렇지 않은 손을 맞잡았다. 쓰레기들이 해류를 따라 빙글빙글 돌았다. 장소가 아닌 장소. 사람이 아닌 밑창 사람들. 진주의 가슴속이 파이고 또 파였다. 둘은 간신히 판자를 찾아 그 위로 올라갔다. 해인이 차가워진 진주의 몸을 덥히려고 그녀를 끌어안았다. 수면에 떨어진 빗방울이 수천, 수만 개의 동그라미를 그렸다.

해인은 이상한 숨기척을 느껴 진주의 얼굴을 바라보았다. 숨소리가 들려왔다. 진주의 입과 코가 아니라 몸의 다른 곳에서 바람이 새어 나오는 소리였다. 해인은 진주의 가슴에서 어떤 징조를 보았다. 하나의 직관이 해인의 심장에 정확히 날아와 꽂혔다. 비바람 속에서 둘은 서로를 부둥켜안았다.

바람이 잠잠해지자 배 한 척이 쓰레기 섬으로 다가왔다. 옥수수밭에서 진주를 놓쳤던 경비병이었다. 그는 서로를 꼭 껴안은 진주와 해인을 그물로 낚아채 끌고 갔다.

5.

해상도시 한가운데 수많은 물갈퀴들이 모여 있었다. 그들만의 재판이 열렸다. 진주와 해인은 물갈퀴들이 투명한 페트병을 모아 만든 부스에 제각기 격리됐다. 물갈퀴 마름병을 옮길지도 모른다는 이유에서였다. 물갈퀴들은 먼저 해인을 무릎 꿇리고 다그쳤다. 해상도시의 법대로라면 그래서는 안 되는 거라고, 갈퀴가 있는 사람끼리, 갈퀴가 없는 사람끼리 어울려야 한다는 걸 누구보다 잘 아는 사람이 질서를 무너뜨렸다고 했다.

"교활한 것들끼리 말이야!"

진주는 물갈퀴를 꾀어냈다는 누명을 썼다.

"아니에요! 날 꾀어낸 게 아니에요!"

해인은 절박하게 사람들의 얼굴을 둘러보며 외쳤다. 하지만 해인이 아무리 소리쳐보아야 배 밑창의 진주에게 이용당한 어리석은 물갈퀴로 비칠 뿐이었다. 누군가 해인에게 호통을 쳤다.

"밑창 사람 때문에 물갈퀴가 썩어!"

"전염병 같은 건 없어요. 내가 같이 지냈다고요."

해인의 다급한 말에 사람들은 수런거리며 얼굴을 찡그렸다.

"문란한 것들."

"배 밑창으로 가고 싶지 않으면 조용히 해라."

"저런 것들 때문에 도시가 엉망이 됐어!"

해인이 외쳤다.

"저 사람이 우릴 구원할 수도 있어요. 내가 봤어요. 아가미가 열릴 수도 있어요!"

"물갈퀴도 없는 밑창 사람이 우릴 구한다고?"

"헛소리!"

물갈퀴 한 명이 바닥에 침을 뱉었다. 물갈퀴들은 그들 사이의 혼란과 분노에 사로잡혀 어서 빨리 진주를 죽이고 싶어 했다.

"정신 나간 경비병 때문에 우리가 죽을 순 없다."

"저주받은 밑창 놈 하나 때문에 우리가 죽을 순 없어."

"밑창으로 돌려보내면 어차피 죽을걸?"

"안 돼. 바다를 달래려면 제물로 바쳐야지."

"던져! 던져버려! 살려면 죽여!"

진주는 배 밑창에서도 죽은 이들의 장례를 치러주자며 일어섰었다. 하지만 이 순간 진주는 파도에 할퀴어진 자국만이 가득한 페트병에 양손을 대고만 있었다. 진주는 배 아래에서도 배 위에서도 상처와 폐허만을 얻었다.

"우린 같이 살 수 없어요."

진주는 해인에게 소리 없이 입 모양으로만 이 말을 전했다. 물갈퀴들은 진주에게 입도 뻥긋할 자격이 없다고 소리쳤다. 그들의 말에 따르자면 진주에게는 아무런 자격이 없었다.

6.

이른 아침, 진주는 하얀 죄수복을 입고 폐선 끝에 섰다. 해인을 구했던 바로 그 장소였다. 형 집행자가 진주의 목에 인공 아가미를 채웠다. 아가미 필터는 24시간이면 수명을 다할 것이고 진주의 필터를 교체해줄 사람은 아무도 없었다. 또 다른 집행자가 쇠사슬을 끌고 와 사슬 끝에 있는 닻 위로 진주를 올라서게 했다. 그리고 온몸을 쇠사슬로 감아 닻에 고정시켰다. 한 무리의 사람들이 겁먹은 표정으로 이 모든 과정을 지켜보았다. 크루즈 밑창에서 끌려 나온 사람들이었다. 그들은 돌아가서 남아 있는 사람들에게 진주의 소식을 전해야 한다는 의무를 지고 있었다. 집행자들이 닻을 들어 진주를 물속으로 던졌다.

캉캉캉캉캉캉캉.

굵은 쇠사슬이 폐선에 부딪치며 내려갔다. 진주는 해인을 구하려고 물속으로 뛰어들던 그 순간을 기억했다.

바다는 한없이 깊고 넓은 감옥이 되었다. 24시간 동안 진주를 살려두는 건 공포에 잠식되어가는 죄수를 사람들에게 전시하기 위해서였다. 폭풍이 오기 전에 옥수수를 수확하려고 잠수한 사람들은 증오의 눈빛으로, 두려움의 눈빛으로, 참 안됐다는 눈빛으로 진주를 올려다보았다.

진주는 사람들을 내려다보았다. 사람들은 어느새 진주를 쳐다보던 시선을 거두고 바다옥수수를 수확하고 있었다. 도시에서 내렸던 거대한 그물을 올리자 그 안에서 부유하던 옥수수들이 서로 부대끼며 올라갔다. 과거라면 물고기가 가득 찼을 그물이었다. 인공 아가미를 입에 문 사람들이 그물 밖으로 나오려고 하는 옥수수들을 다시 그물 안으로 밀어 넣었다. 잘 익은 옥수수들이 형광색으로 빛나며 수면 위로 올라갔다. 사람들은 바다옥수수를 향해 경외의 눈빛을 보냈다. 마야 문명을 일군 사람들이 이 시대를 보았다면 자신들이 모신 옥수수 신이 현현해 인류를 구한다고 말했을 것이다.

죽음에 가까워진 진주는 산호를 바라보았다. 창백해진 진주의 피부처럼 하얗게 변한 산호들이었다. 곧 뼈만 남은 산호에 죽은 조류가 엉겨 붙어서 진주의 머리카락처럼 흔들릴 터였다. 진주는 자신에게 닥칠 운명을 바라보았다.

햇빛이 사라지자 사람들은 모두 해상도시로 올라갔다. 내일 아침 일찍 그들은 또 옥수수를 수확하려고 잠수할 것이다. 그리고 진주가 죽어가는 걸 기어코 보고야 말 것이다. 그 전에 진주는 캄캄한 밤이 풀어진 바다를 견뎌야 했다. 어쩌면 진주는 절망 속에서 머리카락이 하얗게 새어버릴지도 몰랐다. 덜 익은 옥수수에서 미미한 빛이 흘러나왔다. 밤바다 속에 갇혀서 진주가 할 수 있는 거라곤 단 하나, 기억을 떠올리는 것뿐이었다.

폐선에서 쓰러졌다가 깨어났을 때 진주의 다친 손바닥에는 바다옥수수의 투명한 막이 덮여 있었다. 해인이 덮어준 그 막 덕분에 상처가 가라앉고 몸도 회복되었었다. 진주가 생각으로 간절히 붙잡은 것은 바다옥수수에 생겨난 그 '막'이었다. 옥수수 유전자가 변형된 것처럼 인간의 유전자도 긴 시간에 걸쳐 변형되어왔다. '나는 어디에서 어떻게 진화해온 사람일까.' 바람에 물살이 뒤집히며 무거운 닻이 흔들렸다. '나는 변하지 못한 사람이다. 물갈퀴도 없는걸.' 아무래도 폭풍이 가까이 온 것 같았다.

진주는 이번엔 기억이 아닌 상상을 불러왔다. 백화한 산호에 조류가 돌아오고 아름다운 색이 돌아오는 상상… 주홍색, 노란색, 분홍색, 초록색… 사람들과 함께 옥수수를 수확해 배 위로 돌아가는 상상…. 배 밑창이나 재판정에 있지 않아도 되는 그런 깊은 바람. 바다에는 익어가는 옥수수와 백화한 산호 말고는 아무 생물도 없었다. 그물에서 빠져나간 옥수수의 막이 물살에 흔들리다가 툭 터졌다. 진주는 밤새도록 깨어 있었다.

7.

밤사이 진주는 심해의 두려움과 황홀감으로 혼수 상태에 빠졌다. 변화한 의식 속에서 산호가 산란해 분홍색 알갱이들이 떠오르는 모습을 지켜보았다. 구름에 가려 흐리게 동이 터오자 그 알들은 유령처럼 사라졌다.

폭풍이 오는데도 물갈퀴들은 좋은 볼거리를 놓칠 수 없다는 듯 하나둘 바다로 뛰어들었다. 어떤 물갈퀴는 진주를 올려다보며 '아직도 안 죽었느냐' 하는 표정으로 눈살을 찌푸렸다. 사람들이 많아졌고 그중에는 어제처럼 배 밑창에서 끌려 나온 사람들도 있었다. 진주가 죽는 순간을 보고 가서 전하라는 것이었다. 그들은 폐기 직전의 인공 아가미를 임시로 받아 목에 두르고 있었다.

시간이 다 되었다. 아가미 필터의 수명이 다한 진주는 산소가 바닥나 숨을 쉴 수 없었다.

꿈틀. 진주는 일그러지는 표정을 어찌할 수 없는 채로 고개를 돌려 백화한 산호를 바라보았다. 언젠가 자신을 숨겨주었던 산호만이 자신을 인도해줄 거란 믿음으로. 눈앞에서 새하얀 아기가 작은 손을 뻗어 손가락을 펼치는 것처럼 산호에서 폴립이 뻗어나와 촉수를 활짝 펼쳤다. 진주가 본 것은 사실 물갈퀴를 펼치는 해인의 손이었다.

해인이 진주 쪽으로 팔을 뻗으며 몸부림쳤다. 집행자들이 해인을 막았다. 닻에 매달린 진주도 몸부림쳤다. 사람들은 두려워하면서, 또 한편으로는 즐거워하면서 진주를 바라보았다. 진주의 몸이 곧 잠잠해졌다.

집행자들에게서 빠져나간 해인은 진주에게로 헤엄쳐 올라갔다. 해인은 진주가 닻에서 놓여나도록 쇠사슬을 풀고 인공 아가미도 벗겨주었다. 죽은 진주에게 마지막으로 해줄 수 있는 건 자유롭게 풀어 주는 것뿐이라고 해인은 생각했다. 집행자들도 해인을 내버려두었다. 어차피 진주는 죽었으니까. 진주가 해인의 팔에 안겼다. 물갈퀴 한 명이 사람들을 밀고 헤치며 나와 말했다.

"건방진 년."

옥수수밭에서 작살로 진주를 맞히려고 했을 때 해인에게 무안을 당했던 그 경비병이었다. 그는 그때 쏘지 못했던 작살을 해인을 향해 쏘았다. 물갈퀴들의 비명 사이로 해인의 심장이 꿰뚫리고 바다에 피가 풀어졌다.

해인의 팔에서 놓여난 진주가 천천히 산호 군집 쪽으로 가라앉았다. 물갈퀴들은 진주의 시체가 몸에 닿을까 봐 앞다퉈 뒤로 물러났다. 그들 사이로 작살을 쏜 경비병이 자취를 감추었다. 배 밑창 사람들 몇이 진주를 붙잡아 백화한 산호초 비탈에 곱게 눕혔다. 진주가 죽은 이들을 위해 작은 장례를 치르던 그 모습 그대로였다. 밑창 사람들 중에는 탈출하는 진주에게 쇠톱을 건네줬던 남자도 있었다. 그들이 진주의 이마를 한 번씩 쓰다듬고 돌아서는 모습을 물갈퀴들이 증오하는 눈빛으로 쳐다보았다. 감히 우리 앞에서 죄인의 시체에 예를 갖추느냐는 뜻이었다. 밑창 사람들은 그 살의에 놀라 뒷걸음질 쳤다. 물갈퀴가 있는 사람들은 없는 사람들에게서 인공 아가미를 떼어내려고 서서히 그들을 둘러쌌다. 높아진 물결 때문에 해상도시 전체로 사이렌이 울렸다.

그때 진주가 눈을 떴다. 가슴이 부풀어 올랐다. 진주가 물을 들이마시고 또 뱉어냈다. '죽은 줄 알았는데!' 집행자들은 사람들에게 동요하지 말라는 손짓을 했다. 혹시 아직 살았더라도 곧 죽을 테니.

진주의 가슴이 다시 부풀어 올랐다. 진주의 무게에 눌린 산호에서 작은 조직들이 떨어져 나와 부옇게 흩어졌다. 진주는 물을 내뱉고 또 들이마셨다. 사람들은 눈을 홉뜨고 입을 벌렸다. 진주는 분명 숨을 쉬고 있었다. '물속에서 숨을 쉰다고? 물갈퀴도, 지느러미도 보이지 않는데! 인공 아가미도 벗겨냈는데!'

진주는 마치 쭉 그렇게 살아왔던 것처럼 숨을 쉬며 산호에서 일어났다. 그러고는 누군가를 찾는 것처럼 물갈퀴가 없는 사람들과 있는 사람들을 차례로 바라보았다. 진주의 시선이 외따로 떨어진 해인의 시신에 가 닿았다. 해인은 바다의 일부가 되어 있었다. 저만치에서 해인의 피가 진주의 가슴 속으로 흘러들어 왔다. 진주는 울렁이며 잠영했다. 놀란 사람들은 멍한 눈으로 진주를 바라볼 뿐이었다.

사람들은 기다려왔다. 아가미가 열린 인간이 나타나기를. 그래서 눈에 보이는 물갈퀴나 지느러미가 중요했다. 그런데 아무것도 없는 진주가, 배 밑창에 살던 진주가, 물갈퀴를 꾀어낸 죄인이 물속에서 숨을 쉬다니. '이제 와서!' 그들이 기다려온 진화는 아무도 알 수 없는 때에 아무도 알려고 하지 않았던 사람에게서 이루어졌다.

진주는 바다 깊은 곳으로 잠영해 들어갔다. 그녀의 유전자를 필요로 하는 사람들로부터 멀리 떠나갔다. 물갈퀴가 있는 누군가가 낭패라는 듯이 떠다니던 바다옥수수를 낚아채 꺾었다. 투명한 막이 빠른 물살에 풀어져 흘러갔다. 물갈퀴가 없는 사람들의 눈에 진주는 인간의 몸에서 벗어나 자유로워진 한 마리의 투명한 물고기로 보였다. 배 밑창과도 같았던 그들의 마음속에 희망의 색깔이 돌아왔다. 폭풍이 휘몰아쳐 수온을 조금 낮춰줄지도 몰랐다.

작가의 말

작가의 말을 쓰려고 '작품들에 대한 간단한 메모'라는 이름의 파일을 열었다. 한 편씩 완성할 때마다 후기를 적어놓은 파일이다. 첫 문장이 "이제 그만 TRS에서 벗어나 다음 소설을 발표하고 싶다"였다. 잠시 그 문장 앞에 앉아 턱을 고였다. TRS를 정말 사랑하는데 수십 번 고쳐서 더는 보고 싶지 않은 마음과 다음 작품을 발표하지 못해 TRS 곁에 주저앉게 될까 봐 걱정하던 마음이 되살아났다.

걱정이 무색하게도 TRS가 먼저 나를 떠났다. 2017년에 쓴 「TRS가 돌보고 있습니다」가 2020년에 시네

마틱 드라마로 만들어졌다. 지금도 실감이 잘 안 난다. TRS가 왠지 멀리 가는 것 같아 섭섭하기도 하다. 'TRS야. 이리 와. 한 번 안아줄게. 힘내. 잘 가.'

「백화」는 2018년 11월에 썼다. 계속 SF를 쓴다는 걸 주변에 알리고 싶어서 한 달에 한 편씩 개인 블로그에 올리던 즈음이었다. 괜히 마음이 급했다. 그때는 지금보다 짧은 이야기였다.

쓰는 동안 꾸었던 꿈이 기억난다.

꽃다발이 보였다. 아직 활짝 피지도 못했는데 꽃들의 목이 꺾여 있었다. 잎과 대는 시들어 색이 바랬다. 내가 그걸 손으로 집어 입에 넣고 우적우적 씹어 삼켰다. 그러자 남은 꽃다발이 살아 있는 것처럼 꿈틀거렸다. 이파리는 초록색 사마귀처럼 변해 움직였다. 좋은 꿈인지 나쁜 꿈인지 몰랐어도 나는 꽃다발이 다시 살아난다는 데 희망을 두고 계속 썼다. 소설 후반부에 "희망의 색깔이 돌아왔다"라고 적을 수 있었던 건 그 꿈 덕분이다.

이번 「백화」는 그때의 원고를 다듬어 분량을 늘린

것이다. '인간의 백화란 무엇일까' 고민했다. 산호에서 공생조류가 떠나가는 것처럼 사람이 사람과 공존하지 못하는 현상을 그려보고 싶었다. 그래서 외로운 사람에 대해 쓰게 됐다.

「깃털」은 데뷔 후 처음으로 원고청탁을 받고 쓴 단편이다. 2019년 3월 과학잡지 《에피》 7호에 발표했다. 그런데 작업할 때 하필 A형 독감에 걸려서 1~2주를 앓아누웠고 굉장히 불안한 상태에서 글을 써야 했다. 약도 독했다. 첫 원고청탁을 받은 일생일대의 순간에 왜 난생처음 독감에 걸린 건지 당시로서는 정말 괴로웠다. 혹시라도 마감일을 지키지 못해 잡지에 폐를 끼칠까 봐 '바보같이 독감에 걸렸으니 다른 작가를 찾아보시라고 말해야 할까' 애를 태울 정도였다. 지금 생각하면 웃음이 나온다.

소설에서 새들이 후각을 잃었다는 설정은 독감 후유증으로 내가 후각이 둔해지는 경험을 했기 때문에 나온 것이다. 냄새를 맡지 못하니 밥을 먹어도 뭘 먹는 건지 도무지 알 수가 없었다. 조류독감이 휩쓸고

간 땅의 새들도 어떤 감각이 훼손됐으리라는 생각이 들었다. 이번 「깃털」도 잡지에 발표했던 것을 좀 더 다듬고 전에는 없었던 편지 한 통을 추가했다.

세 편 모두 힘들게 썼다고 적은 것만 같다. 작가의 고뇌를 피력하고 싶은 건 전혀 아니다. 친구들이 날더러 진지해 보이지만 알고 보면 웃긴 사람이라고 그랬는데 계속 쓰다 보면 독자들을 웃게 하는 유쾌한 소설도 쓸 수 있을까? 힘들어하며 쓰는 게 아니라 즐기며 쓰는 날도 올까? 어쩌면 쓰면서 '재밌다'라고 분명하게 느낀 그 순간을 잊지 않는 게 중요할지도 모르겠다.

연애할 때부터 초고가 나오면 매번 읽어주고 늘 곁에 있어주는 남편 조경중 님에게 사랑한다는 말을 전한다.

책에 실는 세 편 외에 그동안 써온 작품들도 곧 제 갈 길을 갔으면 좋겠다.

2020년 7월 김혜진

수록작품 발표 지면

1. 「깃털」 : 《에피》 (2019. 03.)

2. 「TRS가 돌보고 있습니다」 : 제2회 한국과학문학상 가작 수상작, 『제2회 한국과학문학상 수상작품집』(허블, 2018.)

3. 「백화」 : 미발표작

깃털 – SF가 우릴 지켜줄 거야 1

초판 1쇄 펴낸날 2020년 7월 27일
초판 4쇄 펴낸날 2024년 11월 15일

지은이 김혜진
펴낸이 한성봉
편집 김학제·안태운·박소연
콘텐츠제작 안상준
디자인 최세정
마케팅 박신용·오주형·박민지·이예지
경영지원 국지연·송인경
펴낸곳 허블
등록 2017년 4월 24일 제2017-000050호
주소 서울시 중구 필동로8길 73 [예장동 1-42] 동아시아빌딩
페이스북 www.facebook.com/dongasiabooks
인스타그램 www.instargram.com/dongasiabook
트위터 www.twitter.com/in_hubble
전자우편 dongasiabook@naver.com
블로그 blog.naver.com/dongasiabook
홈페이지 hubble.page
전화 02) 757-9724, 5
팩스 02) 757-9726
ISBN 979-11-90090-19-3 04810
979-11-90090-18-6 04810(세트)

이 도서의 국립중앙도서관 출판예정도서목록(CIP)은
서지정보유통지원시스템 홈페이지(http://seoji.nl.go.kr)와
국가자료공동목록시스템(http://www.nl.go.kr/kolisnet)에서
이용하실 수 있습니다.(CIP제어번호: CIP2020029010)

※ 허블은 동아시아 출판사의 문학 브랜드입니다.
※ 잘못된 책은 구입하신 서점에서 바꿔드립니다

만든 사람들
편집 조유나·김잔섭
크로스교열 안상준
디자인 김현중